로기완을 만났다

로기완을
만났다

조해진 장편소설

창비
Changbi Publishers

차례

2010년 12월 7일 화요일

처음에 그는, 그저 이니셜 L에 지나지 않았다.

종종 무국적자 혹은 난민으로 명명되었으며, 신분증 하나 없는 미등록자나 합법적인 절차 없이 유입된 불법체류자로 표현될 때도 있었다. 그는 또한 그 누구와도 현실적인 교신을 할 수 없는 유령 같은 존재이기도 했고, 인생과 세계 앞에서 무엇 하나 보장되는 것이 없는 다른 땅에서 온 다른 부류의 사람, 곧 이방인이기도 했다.

브뤼셀 시내지도를 펼쳐들고 내가 서 있는 곳을 손가락으로 찾아본다.

'Gare du Nord'

지도를 보고 나서야 나는 프랑스어 'nord'가 '북쪽'이라는 의미이고 'gare'가 '역'을 가리키는 명사라는 것을 기억해낸다. 오래전 나는 마르그리트 뒤라스의 소설을 원

서로 읽고 싶다는 일념 하나로 프랑스어를 1년 정도 독학한 적이 있다.

지도를 착착 접어 옆구리에 끼운 뒤, 코트 주머니에 두 손을 깊숙이 찔러넣은 채 유로라인 버스가 출발하고 도착하는 정류장 쪽으로 천천히 걷는다. 브뤼셀 북역을 통과하는 바람은 차다. 머리칼이 바람의 움직임에 따라 자꾸만 헝클어진다. 버스가 그려진, 삐딱하게 서 있는 정류장 알림판까지 걸어가는 동안 나는 벨기에와 브뤼셀을 반복해서 중얼거려본다.

2007년 12월 4일 화요일 아침 6시, 이니셜 L은 이곳에 정차한 하얀색 유로라인 버스에서 내렸다. 전날 저녁 베를린에서 출발한 유로라인 버스는 열시간이 넘는 운행 끝에 그를 이곳에 힘없이 뱉어놓고는 다음 목적지인 프랑스 파리로 가기 위해 다시 길을 떠났다. 밤과 새벽을 가로지르는 버스 안에서 모든 승객들이 짐짝처럼 몸을 접거나 구긴 채 불편하게 잠을 자고 있을 때도 그는 단 한순간도 눈을 붙일 수가 없었다. 어두운 버스 창밖은 같은 필름을 반복해서 돌리는 것처럼 비슷비슷했기에 그는 버스가 어디로 가고 있는지 확신할 수가 없었다. 버스는 이 세상에는 없는 궤도를 따라 달리는 것 같았고 간간이 버스 창문에 비치는 가로등은 그 궤도에 안착하지 못한 별들처럼 쓸쓸했으며 낯선 언어로 씌어 있는 이정표는 함부로 들어가서는 안 되는 어떤 세계의 싸늘한 경고문처럼 보이기도 했다. 그는 생전 처음 타보는 유로라인 버스 안에서 자신의 살아 있음을 자주 의심해야 했다.

그가 버스를 탄 건, 기차보다는 버스가 여권 검사에 소홀하다며 버스 티켓을 끊어준 브로커 덕분이었다. 그의 모습을 나는 상상의 영역에서만 완성할 수 있다. 커다란 천가방을 메고 허름한 청바지에 두툼한 파카를 입고 있다. 색이 바랜 갈색 모자를 썼고 유리에 금이 간 시계를 찼다. 보풀이 인 장갑, 목을 칭칭 감은 촌스러운 색의 목도리, 실밥이 터지고 때가 탄 운동화…… 버스에서 내린 뒤 주변을 두리번거렸을 그의 눈동자는 경계심으로 날카로워졌다가 이내 두려움으로 흐려지곤 했을 것이다. 바쁘게 길을 걷는 사람들이 어깨라도 한번 치고 지나가면 순간적으로 어디로 가야 할지 판단할 수 없어 어리둥절한 표정을 짓기도 했으리라. 그의 성은 로, 이름은 기완. 스무살, 159센티미터의 단신, 47킬로그램의 마른 몸. 영어뿐 아니라 벨기에의 공식 언어인 프랑스어나 네덜란드어도 습득하지 못한 채 멀고 먼 가난한 나라를 혼자 떠나온 사람.

벨, 기, 에. 브, 뤼, 셀. 벨, 기, 에. 브, 뤼, 셀…… 아무리 발
음해보아도 여전히 입에 선 이 이름들을 끊임없이 혀 안
쪽에서 부드럽게 굴려가며 무국적자이자 이방인인 로기
완은 남쪽을 향해 한발을 깊이 내디뎠다.

*

　우리의 삶과 정체성을 증명할 수 있는 단서들이란 어
쩌면 생각보다 지나치게 허술하거나 혹은 실재하지 않을
지도 모른다. 의도와 관계없이 맺어지는 사회적 관계들,
관습 혹은 단순한 호감에 의해 만들어지는 수많은 커뮤니
티, 실체도 없이 우리 삶의 테두리를 제한하고 경계짓는
국적이나 호적 같은 것들은 혼자가 아니라는 위로는 줄
수 있겠지만 그 위로는 영원하지도 않고 진실하지도 않
다. 회사의 이름과 전화번호가 프린트된 명함이나 우리의
출생과 죽음, 결혼과 건강을 기록하는 관공서의 수많은
서류들도 개인의 절대적인 존재감을 증명해주지는 않는
다. 지갑 속의 기념사진, 일주일 단위로 약속과 일과를 적
어내려간 수첩, 이국의 어느 공항 출입국심사대에서 경쾌
한 소리와 함께 찍힌 여권 속의 스탬프들, 어딘가로 들어

갈 수 있는 녹슨 열쇠나 읽고 있던 책의 접힌 페이지 같은 것들 역시 우리 삶의 부분적인 단서는 될 수 있을지언정 생애 전체를 관통하지는 못한다. 심지어 아침 7시면 눈이 떠지고 저녁 6시가 되면 온몸이 피로해지는, 시스템에 길들여진 몸의 리듬마저 변하지 않는 소속감을 약속해주지 않는다.

그러니 우리는 그저 나무둥치에 주저앉은 날개가 젖은 새처럼 하늘로 날아갈 수도 땅으로 떨어질 수도 없는 순간순간을 살고 있는 것이라 해도 무방하지 않을까.

이니셜 L처럼.

나를 브뤼셀로 이끈 것은 바로 그 이니셜 L의 문장이었다. 좀더 정확히 말한다면, 이니셜 L이 시사주간지 『H』와의 인터뷰 도중 기자에게 고백한 한줄의 문장이 나로 하여금 익숙했던 세계를 떠나오게 했다.

각종 시사잡지를 읽고 관심 가는 기사를 스크랩하는 것은 나에겐 일의 연장이었다. 나중에라도 내가 맡은 프로그램에 소스로 활용할 수 있겠다는 생각에 나는 매주 월요일 저녁마다 서점에 들러 여러 시사잡지를 사 와서는 밤늦게까지 뒤적이곤 했다. 그날도 서점에 들렀다가 집으로 돌아온 나는 보지도 않을 텔레비전을 켜놓고 식탁 의자에 앉아 시사주간지 『H』를 건성으로 훑어보고 있었다. 그 주, 『H』가 마련한 국제란 특별기사는 벨기에에서 유령처럼 떠도는 탈북인들에 관한 것이었다. 기사는 두명의 탈북인을 소개하고 있었는데, 그중에서도 기자가 2년여 전에 취재했던 L이라는 사람의 사연은 한참 동안 내 마음을 떠나지 않았다. 바로 그 한줄의 문장 때문이었다. 조심스럽게 기사를 오려서 스크랩 파일에 넣은 후에도 그 문장은 여전히 내 손끝에 남아 나를 불편하게 했다.

그 기사를 쓴 기자에게 이메일을 보낸 건 그로부터 보름 정도가 지난 뒤였다. 그날은 내가 메인작가로 있던 프로그램의 피디에게 일을 그만두겠다는 의사를 밝힌 날이기도 했다. 우리가 늘 나란히 앉아 있곤 했던 편집실에서였다.

편집기계 앞에 앉아 화면에 삽입할 자막과 믹싱된 오디오 사운드를 검토하고 있던 피디는 내 말을 듣자마자 다 비운 종이컵을 단번에 구기며 의자에서 일어났다. 편집기계에서 흘러나오는 여러가지 효과음이 우리 사이의 껄끄러운 침묵을 채워주고 있어 그나마 다행이었다. 팔짱을 긴 채 벽 쪽에 기대서며 그가 물끄러미 나를 건너다봤다. 프로답지 않다. 그는 그렇게 이야기를 시작하고 싶었을 것이다. 너는 어리석게도 윤주의 일을 객관적으로 판단하지 못하고 끝내 도망가려고 하는구나. 혹은 이런 식의 말로 힐난하고 싶었을 수도 있다. 그가 어떤 말을 하든 일에 대한 내 태도에 대해서만큼은 나 역시 변호할 말이 없었다. 나란 인간은 그런 일을 겪고도 천연덕스럽게 다시 일에 매진할 수 있는 프로가 아니라는 것쯤은, 괴롭지만 이미 오래전부터 인정해온 터였다. 게다가 나는 지난 5년 동안 동료와 연인 사이에서 만나왔던 한 사람을 오로지 사무적으로만 대하는 것에 휘둘리지 않을 만큼 내성이 강한 인간도 아니었다.

물론, 이 모든 것은 한낱 변명에 지나지 않는다.

한달 뒤였다. 이번엔 신경섬유종이라는 오해도 끼어들 수 없는 진짜 악성 종양을 제거하는 수술이었다. 수술 후 윤주에게 내려질 또다른 의학적 진단을 가만히 전해들을 자신이 내겐 없었다. 도저히, 그럴 수는 없었다. 내가 상상으로 빚은 재이의 힐난은 내 마음이기도 했을 것이다. 나는 도망가려 하고 있었고 그것 외엔 달리 이 상황을 이겨낼 만한 방법을 찾을 수가 없었다.

—그럼, 이제 뭘 할 거예요?

매정한 거리감이 느껴지는 경어로 그는 묻고 있었다.

그를 마주 보지 않기 위해 나는 손가락으로 탁자 위에 무언가를 끼적이는 데 온 정신을 집중해야 했다. 두달여 전, 윤주가 입원해 있는 병원 주차장에서의 그 일 이후 그와 나는 종종 경어를 쓰기 시작했다. 서로에게 왜,라고 물은 적은 없다. 정색을 하며 경어를 쓰지 말라고 부탁한 적도 없다. 그저 이전과는 다른 어법을 사용한 뒤의 머쓱함이 부담스러울까봐, 한 사람이 먼저 경어를 쓰기 시작하면 다른 사람도 그 사람을 따라 경어로 대답하는 것이 우리가 할 수 있는 배려라면 배려였다.

고개를 들었다. 내 시선은 그의 피로하고 괴로운 듯한 얼굴을 벗어나 조금은 어두침침한 편집실 전체로 나아갔고, 이내 그 안에 깃들어 있던 우리의 친밀했던 숨소리와 목소리까지 담아냈다. 순간, 모든 것을 화면처럼 남게 하는 인간의 기억 구조가 싫어졌다. 그래서 잊고 싶지 않은 것도 잊고 싶은 것과 함께 드러날 수밖에 없는, 볼륨을 줄여놓아도 고스란히 소리까지 재생되고 마는 그 체계적인 기억의 구조가. 이제 그와 업무적인 관계로도 만나지 못하게 된다면, 나는 그를 기억하고 싶을 때마다 나를 웃게 했던 그의 얼굴뿐 아니라 우리의 마지막 편집실과 그 순간의 불편했던 분위기, 그리고 쓸데없이 예민하게 듣고 있어야 했던 각종 편집 사운드까지 연이어 떠올리게 될 터였다.

내 시선이 불편했는지 그가 헛기침하는 소리가 들려왔다.

—브뤼셀에 갈지도 모르겠어요.

그리고 무언가에 떠밀리듯 나는 말해버렸다.

—브뤼셀이라면, 벨기에 수도 말이에요?

—거기, 만나야 할 사람이 있을 것 같아요.

애매한 말이었다. 그는 안경을 고쳐 쓰며 브뤼셀이라, 혼잣말했다. 그런데 왜 하필 브뤼셀이에요? 그렇게, 묻지는 않았다. 이방인이 되어서 이방인일 수밖에 없었던 사람에 대해 글을 써보면 어떨까 싶어서요. 방송용 대본이 아니라 이를테면, 소설 같은 거. 그가 묻지 않았으므로 사직을 결정한 날부터 마음속으로 준비해온 이 대답을 사용할 기회는 오지 않았다.

L.

나는 고개를 숙인 채 소리내지 않고 속으로만 불러보았다. 먼 이국에서 유령처럼 살고 있을 이니셜 L이 어느새 내겐 새로운 세상으로 들어가게 해주는 암호가 되어 있었다.

긴 침묵 끝에, 떠나기 전에 한번 더 보자고 말한 뒤 그는 웃어보려는 듯 입가를 올리고 나를 보았다. 웃는 장면 직전에 스탠바이를 받은 배우처럼 그의 입가에 머물러 있는 경직된 긴장을 나는 우울하게 지켜보았다. 어쩔 수 없다는 듯 내가 먼저 웃어버리자 그도 이내 따라 웃었다. 우리는 잠시, 그렇게 서로를 마주 보며 의미없이, 억지스럽게 아주 잠깐, 아니 어쩌면 오랫동안 웃었다. 그 순간에도 시간이 흘러가고 있다는 것이 믿기지 않았다. 웃음이 걷힌 뒤, 한달 정도의 방송 분량을 이미 확보해놓았고 방송국 구성작가야 찾으려고만 하면 언제든 구할 수 있을 테니 이번 주 방송까지만 참여한 것으로 하겠다고 나는 덤덤히 말했다. 급여 역시 이번 주 방송분까지 계산해주면 고맙겠다고 연이어 말하고 나자 더이상 그곳에 서 있을 이유가 없어졌다. 그가 문득 표정을 닫고 나를 뚫어지게 바라봤다. 사물의 크기와 무게를 정확하게 정보화해서 언제든지 거짓 없이 복원할 수 있도록 설계된 측량기나 저울처럼 더없이 진지한 시선이었다.

—류재이 피디님.

그때 마침 AD 한명이 편집실로 들어와 그에게 서류 한장을 건네주었다. 급한 결재서류인 듯했다. 나는 의자에서 일어나 그와 AD에게 차례로 가볍게 목례를 한 뒤 먼저 문 쪽으로 걸어나갔다. 문손잡이를 잡았을 때였던가. 등 뒤에서, 출국 전에 윤주와 같이 셋이 식사라도 하는 건 어떻겠느냐는 목소리가 들려왔다. 돌아보지도 않고 건성으로만 고개를 끄덕였다. 그건, 안 될 것 같아. 문을 닫고 나와서야 나는 솔직하게 대답했다. 어쩌면 실질적인 이별의 순간이었을지 모르는데도 끝까지 서로의 감정을 확인하지 않은 그와 나의 행동에 대해선 그 어떤 해명도 찾지 못한 채. 손가락 끝은 여전히 껄끄러웠다. 양손을 쫙 펴서 한참을 내려다봤지만 내가 숨겨놓은 이니셜 L의 문장은 어디에도 보이지 않았다. 그날 밤 집으로 돌아가 내가 가장 먼저 한 일이 생면부지인 『H』지의 기자에게 이메일을 보낸 것이다.

　얼굴 한번 본 적 없는 기자는 사흘 뒤 성심껏 답장을 보내왔다. 기자는 『H』에 소속된 정식 기자가 아니라 해외에 거주하면서 그 나라의 최근 이슈를 기사로 쓰는 일종의 객원기자라고 자신을 소개했다. L과는 취재 후 연락이 끊겼으나 L에 대해 자세히 알고 있는 한인 한명은 소개해줄 수 있다는 친절한 코멘트도 덧붙어 있었다. 나는 감사하다는 말을 몇번이나 반복해서 쓴 답장을 보냈다. 답장을 보낸 다음엔 바로 그 자리에서 열흘 뒤 인천공항에서 출발하는 브뤼셀행 비행기 티켓을 예매했다. 윤주의 종양이 악성으로 바뀌었다는 판정 이후 본격적인 항암치료가 시작된 지 석달 만의 일이었다.

*

북역에서 조금 걸어나오니 검은색 양복을 차려입고 바이올린을 켜고 있는 초로의 사내가 시야에 들어온다. 비록 양복 바짓단에는 흙탕물이 묻어 있고 와이셔츠는 심하게 구겨져 있지만 목을 감싼 나비넥타이만큼은 반듯하고 정갈해 보인다. 게다가 베토벤의 헤어스타일을 연상시키는 반백의 머리칼은 꽤 근사하게 겨울바람에 휘날리고 있었다. 사내가 연주하는 곡은 라흐마니노프의 「보칼리제」다. 재이의 차를 얻어 탄 날이면 가끔 들을 수 있었던 익숙한 곡이다. 나는 지갑에서 2유로짜리 동전을 꺼내 사내의 헌 구두 앞에 놓인 바이올린 케이스에 던져넣는다. 반백의 사내는 연주 중에 나를 한번 흘끗 쳐다보더니 이내 다정한 윙크를 보내온다.

3년 전의 로도 나처럼 이곳에서 바이올린 연주를 들었

다. 로는 처음 들어보는 바이올린 연주곡의 제목을 알지 못했고, 그 제목을 물어볼 수 있는 이 나라의 언어도 구사하지 못했으므로 그때도 이 악사가 「보칼리제」를 연주하면서 이 거리를 지키고 있었는지는 알 수 없다. 눈앞의 모든 것들이 공포의 대상이었고 자기 앞에 닥친 새로운 세계에 대해 아무것도 알지 못했던 스무살의 어린 남자에게 어쨌든 그 미지의 선율은 잠시나마 위로를 주었을 것이다. 그는 한순간 바이올린 선율에 완전히 매료되었고, 가방을 내려놓은 뒤 점퍼 안쪽 주머니에서 50센트짜리 동전을 꺼내 바이올린 케이스에 던졌다. 베를린 공항에서 브뤼셀행 유로라인 버스 티켓을 끊어준 조선족 브로커가 필요할 때가 있을 거라며 따로 챙겨준 동전의 일부였다.

그후에도 로는 브뤼셀 시내를 걷다가 바이올린뿐 아니라 아코디언이나 기타를 연주하는 사람들과도 제법 마주치곤 했다. 일기에서 로는, 그들에게서 얼핏 자신의 미래를 엿보기도 했으나 그때마다 동전을 던져주고 싶은 선심을 외면하며 입술을 꾹 다문 채 돌아서곤 했다고 썼다. 비행기 티켓비를 포함한 브로커 비용을 지불하고 남은 돈은 많지 않았다. 고작 650유로였던 그 돈은 로의 어머니가 로에게 물려준 유산의 전부였다. 아니, 그 돈은 그의 어머니 그 자체였다. 훗날 그는 썼다. 거리에서 수많은 음악을 들었지만 그중에서도 어느 지하철역 앞에서 큰 개와 함께 앉아 있던 청년이 기타를 치며 부르던 노래가 가장 아름다웠다고, 그때만큼 어머니와 고향이 생각난 적이 없었다고도. 자신의 마음을 사로잡았던 그 음악이 「노킹 온 헤븐스 도어」라는 것을 알게 된 건 '푸아예 셀라'(Foyer Selah)라는 난민보호소에 머물 때였다. '즐거운 분위기의 휴식 공간' 정도로 해석될 수 있는 이름의 그 보호소는 난민 지위 신청이 접수된 후 임시 체류허가증을 받은 사람들이 그 결과를 기다리며 사회로 나가기 위해 필요한 준비를 하는 곳이었다. 그곳에선 아침 9시면 체격 좋은 흑인 여자 실비가 사무실로 출근하여 라디오를 틀어주었는데, 어느 날 아침 로는 머릿속 어딘가에 저장되어 있던 그 아름다운 선율을 듣게 된 것이다. 대걸레를 들고 2층 복도를 닦고 있던 로는 한순간에 영혼을 도둑맞은 사람처럼 거의 맹목적으로 음악이 들려오는 쪽을 향해 걸어갔다. 사무실로 이어지는 계단 앞에서, 그리고 로는 걸음을 멈추었다. 그때 그는 도저히 제어할 수 없는 회한 때문에 조금 울었을까, 아이처럼 코를 훌쩍이기도 하면서? 창가 책상에 앉아서 서류를 정리하던 실비는 몸을 일으켜 평소와 다른 로를 주의깊게 처다보았을 것이다. 로의 시선이 라디오에 머물러 있는 것을 발견한 실비는 로가 무엇에 홀린 것인지 짐작할 수 있었다. 사려깊은 벨기에 여성 실비는 노란색 포스트잇을 꺼내 로를 사로잡은 그 노래의 제목과 가수의 이름을 적어준다. 2008년 3월 25일 화요일의 일기에는 그 포스트잇이 붙어 있다. 일기장에 포스트잇을 붙인 후 로는 영한사전을 펼쳐들어 'knock'와 'heaven' 'door' 같은 단어들을 찾았고 어느 순간 그 제목이 의미하는 바를 알게 되었다. 천국의 문을 두드리는 것. 로는 그날 밤 침대에 누워 천장을 올려다보며 여러번 이 노래 제목을 되뇌어봤을 것이다.

로가 북역 앞에서 바이올린 연주를 듣는 장면에서 나는 일기를 덮는다. 바이올린 악사는 「보칼리제」를 마치고 이제 슈베르트의 「아베 마리아」를 연주하고 있다. 내 발걸음은 도로 지하철역 쪽으로 향한다. 처음의 계획은 중앙광장인 그랑 플라스까지 걸어가는 것이었으나 시차적응이 덜 됐는지 한시간이 조금 넘는 산책을 했을 뿐인데도 나는 심한 피로감을 느끼고 있었다.

레오폴드 기차역 근처에 자리잡은 박의 아파트로 들어가기 위해선 각기 다른 열쇠로 두번 문을 따야 한다. 아파트 중앙현관문 앞에서 한번, 그리고 엘리베이터에서 내린 후 복도 끝에 위치한 605호 현관문 앞에서 한번. 두개의 열쇠로 두개의 문을 열고 나면, 오로지 나 혼자만이 향유할 수 있는 공간이 나타난다. 박이 준 두개의 열쇠는 이렇듯 내게 브뤼셀이라는 이 낯선 도시에서 내 신변이 완벽하게 보호되는 밀폐된 공간 하나를 약속해준다.

북역에서 돌아오는 길에 마트에 들러 장을 본 탓에 나는 각종 식료품이 들어 있는 종이봉투를 품에 안은 채 힘겹게 박의 아파트로 들어선다. 현관에 들어서자마자 실내용 슬리퍼로 바꿔 신고는 꽤나 오랫동안 이 아파트에서 살아온 사람처럼 자연스럽게 욕실로 들어가 손부터 씻는다. 세면대엔 내 칫솔이 플라스틱 컵에 꽂혀 있고 수건걸이에는 내가 한국에서 가져온 하얀색과 파란색 수건 두장이 걸려 있다. 샤워부스 안에는 내 샤워용품이 비닐팩에 들어 있으며 파란색 콘솔 안에는 샴푸와 린스, 그리고 모발용 에센스도 나란히 줄을 맞춰 서 있다. 욕실뿐 아니라

세개의 방과 화장실, 거실과 주방에도 조금씩 내 물건이 놓이고 있다.

이곳 브뤼셀에서 나는 뜻하지 않게도 이 고급스러운 아파트를 무료로 쓰고 있다.

브뤼셀에 거주하고 있는 『H』의 객원기자는 선뜻 약속 장소에 나와주었고 바로 그다음 날 나를 한국 식당으로 데려가 한인 한명을 소개해주었다. 기자가 이메일에서 밝힌, L을 잘 알고 있다는 그 한인이었다.

육십대 후반으로 보이는 그는 기품과 자존심을 지키며 고집스럽게 늙어왔다는 인상을 주었다. 쓸데없는 감정적인 소모나 의도하지 않은 상처로부터 아주 오래전에 해방된 듯한 표정을 짓고 있었지만 검은 테의 두꺼운 안경 너머 눈동자는 고독해 보였다. 그는 내게, 안타깝게도 그 탈북인은 1년여 전 브뤼셀을 떠났고 현재는 영국 런던에 머물고 있다는 소식을 전해줬다. 안타깝게도,라고 그는 말했지만 그의 목소리에서 안타까움 같은 건 전혀 느껴지지 않았다. 나는 괜찮다고, 지금 당장 그 탈북인을 만나지 않아도 상관은 없다고 대답했다. 그를 무어라 불러야 할지 판단할 수 없어 호칭은 생략한 채였다. 기자는 그를 박사님이라고 불렀으나 어쩐지 그에겐 어울리지 않는 호칭 같다는 생각뿐이었다.

— 글을 쓰신다니, 그럼 김작가라 불러도 되겠소?

그도 나와 비슷한 생각을 했는지 음식이 나오자 그런 질문부터 해왔다. 젓가락을 입으로 가져가다 말고 나는 얼떨결에 고개를 끄덕여 보였다. 김작가. 오랫동안 불려온 내 사회적 이름, 나에겐 너무도 익숙한 호칭이었다. 처음엔 윤주도 나를 '김작가님'이라고 불렀다. 나는 그애가 나를 부를 때의 목소리를 좋아했다. 윤주는 누군가에게 그 사람의 혼란과 불안이 하나하나 차분히 이해되고 있다는 감미로운 환상을 심어주는, 성숙한 어른의 목소리를 가진 아이였다. 커피를 마실 때, 혹은 음악을 듣거나 길을 걸을 때 윤주가 그렇게 나를 부르면 나는 외롭지 않았다. 외롭지 않은 대신, 대체 어떤 세월이 열일곱살 소녀에게 저런 목소리를 갖도록 안으로부터 단련시켰는지 의아해지면서 마음은 무거워졌다. 어디에 있든 사람들의 시선을 한꺼번에 유인하던, 그애의 오른쪽 뺨과 턱을 감싸는 얼굴만큼 커다란 혹이 그애에게서 아름답고 당당할 수 있는 권리를 빼앗고는 타인의 외로움을 위로할 줄 아는 목소리를 부여해준 것이 아닐까, 생각이 들면 그 비참한 선물이 가혹해서 출처와 분량을 알 수 없는 분노가 치밀기도 했다. 그 혹은 근육과 핏줄, 신경으로 이루어진 단백질 덩어리가 아니라 타인의 무분별한 시선 한줌과 그 시선에 놀란 여린 마음 한줌, 그리고 아무도 모르게 흘려야 했던 눈물 한줌으로 이루어진 이상하고도 잔인한 윤주의 또다른 얼굴이면서 사람들로부터 등을 돌리고 있는 그애의 진짜 인생이었다. 언니라고 불러도 돼. 언젠가 내가 그렇게 말했을 때 윤주는 그제야 열일곱살 소녀답게 티없이 맑게 웃으며 '정말요, 언니?'라고 되물었었다.

　　—둘이 있을 때는 그냥 박이라고 불러도 상관없소.

　기자가 잠시 화장실에 간 사이, 그는 심상한 말투로 그렇게 말했다. 나는 그럴 수는 없다고 대답하긴 했지만 박사님이니 선생님이니 하는 호칭보다는 위계가 없는 중성적인 느낌의 '박'이라는 호칭이 그에게 썩 어울린다고 생각했다.

　후식으로 차를 마시면서 나는 박에 대해 많은 것을 알게 되었다.

　박은 평양 출신으로, 그곳에서 한국의 초등학교에 해당하는 인민학교를 다니다가 모친과 함께 월남한 후 서울생활을 시작했다. 그런 사연이 대개 그렇듯 박의 모친은 온갖 고생을 하며 박을 뒷바라지했고 가난은 언제나 그들

모자를 그림자처럼 쫓아다녔다. 박은 서울에서 의대를 다니다가 모종의 정치사건에 연루되면서 대학 때 만난 아내와 함께 프랑스로 도피성 유학을 떠났다. 모친은 모셔 갈수 없었다. 박이 프랑스 대학에서 의학을 전공하는 동안, 박의 아내는 식당과 마트 같은 곳에서 온갖 궂은일을 마다하지 않으며 묵묵히 박의 공부를 도왔다. 의사 자격증을 딴 후엔 파리 외곽에 위치한 소규모 병원에서 오랫동안 외과전문의로 일했다. 사십대 후반에는 벨기에 출신인 동료의사와 함께 브뤼셀로 와 개인병원을 열었고 어렵지 않게 벨기에 시민권을 얻었으며 경제적으로 그리 부족할것 없는 안정적인 삶을 살았다. 그러는 동안 두명의 자녀가 태어나 교육받고 취업한 후 결혼하여 다른 도시로 떠나갔고, 모친과 아내는 지병으로 숨졌다. 모친은 한국에서, 아내는 브뤼셀에서. 담백하게 요약된 한 사람의 생애를 들으며 나는 인간이란 어째서 이렇게 하나같이 외로운것일까, 생각했을 것이다. 어머니의 피 흘리는 다리 사이로 얼굴을 내밀며 세상에 나온 순간부터 불가항력의 죽음앞에 설 때까지, 철저하게 혼자일 수밖에 없는 모든 인간의 운명적인 한계가 박이 들려주는 그 짧은 이야기 속에고스란히 들어 있었기 때문이다.

박은 5년여 전 아내가 죽은 뒤로 의사생활에서 손을 뗐다고 이어 말했다. 갑자기 주어진 너무 많은 시간을 견딜 수 없어 벨기에 내 한인공동체에 소속되어 여러 봉사활동에 참여해왔다는 이야기를 할 때, 박은 딱 한번 웃었다. 환한 웃음이 아니라 쓴웃음이었기 때문에 나는 조금은 씁쓸한 기분이 되고 말았다. 그가 맡은 활동 중 하나가 바로로 같은 사람의 진짜 국적을 판별하여 난민 지위를 얻을 수 있도록 돕는 일이었다. 난민 지위 신청을 한 사람이 북한 사람인지 아닌지를 판별하는 데 박은 사실 절대적으로 필요한 사람이긴 했다. 그건 한국어와 프랑스어에 능통하고 평양에서 태어난 덕택에 북한에 대한 지식을 갖고 있는 박 같은 사람이 아니면 할 수 없는 일이었다. 유럽에서 북한 출신은 정치적 망명이 인정되어 난민 지위를 신청할 수 있다는 점을 이용한 중국인, 특히 언어적인 면에서도 탈북인과 잘 구분되지 않는 조선족의 난민 지위 신청이 빈번했기 때문에 박의 역할은 더더욱 클 수밖에 없었다.

한국 식당을 나온 후 기자는 돌아갔고 나는 박과 함께 비 오는 브뤼셀 거리를 좀더 걸었다. 내가 우산을 챙겨 가지 않았으므로 박이 가져온 큰 장우산 아래서 우리는 가끔씩 어깨를 부딪쳐가며 벨기에 왕족이 산다는 궁전인 팔

레 루아얄 근처를 산책했다. 로기완에 대해서 많은 이야기를 듣긴 했지만 어쨌든 로기완은 현재 브뤼셀이 아니라 런던에 있는 사람이므로 지금 당장 그를 만난다는 건 불가능했다. 빗줄기가 거세지자 우리는 작은 펍으로 들어갔고 박은 흑맥주를, 나는 체리가 들어갔다는 붉은 빛깔의 맥주를 마셨다. 맥주를 마시다가 박이 문득, 왜 탈북인에게 관심을 갖게 됐느냐고 물어왔다. 내 예상보다 훨씬 늦은 질문이었다. 나는 시사잡지 『H』에 실린, 로기완의 고백이 담긴 짧은 문장 때문이라고 대답했다. 어느 날 우연히 기사에서 읽은 그 고백의 문장이 오랜만에 대본 이외의 글을 쓰고 싶다는 마음을 갖게 했다고, 이번엔 정말 잘 쓰고 싶다고도 덧붙이려 했지만 이상하게도 그런 말들은 목소리에 실리지 않았다. 그 문장이 왜 당신에게 쓰고 싶은 욕망을 품게 했느냐고 박이 또다시 물어온다면 그땐 정말 할 말이 없다는 걸 알고 있었기 때문일까. 맞은편에 앉은 박 역시 물끄러미 나를 건너다보기만 할 뿐, 내 마음을 사로잡은 그 문장에 대해서는 아무것도 묻지 않았다. 언뜻언뜻 나를 보는 박의 눈빛은 무언가를 탐지하려는 것처럼 예리하게 빛나긴 했지만 신경이 쓰이거나 기분이 나쁘지는 않았다. 어느 순간부터 나는, 침착하게 우리 곁에 머무르고 있는 침묵이 편안하기만 했다. 침묵은 마치 노래를 할 줄 모르는 새가 물고 있는 램프 같았다. 너무 밝지 않아서 부드럽고 그리 어두운 것도 아니어서 불안하지도 않은, 은은하고 고요한 불빛.

펍을 나온 후, 박은 나를 이곳으로 데리고 왔다.

병원에서 퇴임하면서 브뤼셀 도심 외곽으로 이사를 갔지만 아내와 함께 살았던 이 아파트는 처분하지 않고 서재처럼 이용해왔다고 그는 말했다. 하지만 나이가 들어 거동도 쉽지 않고 막상 이곳에 와도 딱히 연구할 것이 없어 시간만 죽이다 가곤 했다며, 그는 내게 브뤼셀에 머무는 동안 이 공간을 사용하는 것이 어떻겠느냐고 제안했다. 나에겐 고마운 제안이었지만 처음 만난 사람에게 그런 호의를 받는 것이 익숙하지 않았다. 나에게도 뭔든 보상할 것이 있어야 한다고 생각했다. 그래서 바로 그 제안을 받아들이지 못한 채 어정쩡한 태도를 취하자 그는 대신 좋은 글을 쓰면 된다고, 이번에도 아무것도 아니라는 듯한 말투로 말했다. 그날 박은 로기완이 영국으로 떠나기 전 우편으로 보내온 일기 한권과 난민 신청국 심문실에서 작성한 자술서 사본을 내게 주었다. 둘 다 로기완이 직접 쓴 글이었다. 그 자료들은 불투명한 이방인 이니셜 L

이 사실은 로기완이라는 구체적인 사람일 수밖에 없다는 것을 증명해주는 기록이면서, 동시에 박이 내게 준 또다른 의미의 열쇠였다. 그러니까 그건 시사잡지에서 발견한 한줄의 문장에 이은, 로기완을 알아가는 데 꼭 필요한 두번째 열쇠인 셈이었다. 나는 로기완의 일기와 자술서 사본을 받아 가방에 넣다가 문득 텅 빈 눈으로 박을 건너다봤다.

수술만 받으면 이제 아픔도 고통도 없이 살 수 있을 거야. 그렇게까지 재미없게 살고 싶지는 않아요, 언니. 무심한 얼굴로 지나가도 나쁘진 않잖아. 언니는 후회하지 않는 똑똑한 사람이 되고 싶어요? 그럼, 글은 어떻게 써요? 후회해야 좋은 글이 나오는 건가? 방송 대본만 쓰다가 그만둘 거 아니잖아요. 내가 대본 말고 다른 글을 쓰고 싶어한다고 생각하는 거야? 네. 이를테면? 이를테면…… 소설 같은 거?

언젠가 병원 로비에서 윤주와 나누었던 짧은 대화가 고스란히 기억이 났기 때문이다.

욕실을 나온 후 책상 위에 올려놓은 내 노트북을 켜고 음악파일을 연다. 음악을 들으며 주방으로 가 종이봉투에서 생수, 저지방 우유, 당근, 양파, 귤, 사과, 햄, 치즈, 식빵,

계란, 그리고 약간의 고기를 꺼내 냉장고 안쪽 적당한 곳에 밀어넣는다. 어느 순간 나는 생각한다. 뭐가 이렇게 편하고 쉬운 것일까. 산책을 하고 마트에 들러 장을 보고 저녁엔 음악을 틀어놓은 채 요리를 한다. 소파에 누워 한국에서 가져온 몇권의 책을 아껴 읽다가 다음날은 정오까지 늦잠을 자기도 한다. 전화를 기다릴 때도 있고 전화가 오지 않기를 간절히 기도할 때도 있다. 윤주나 재이에게선, 아직까지 한통의 전화도 오지 않았다.

정리하지 못한 남은 식료품들을 식탁 위에 방치한 채 거실로 걸어가 내가 이곳에서 침대로 사용하고 있는 소파에 앉는다. 공간은 빌려 쓸 수 있어도 침대까지 공유하는 것은 예의가 아닌 듯해서 나는 박과 박의 아내가 사용하던 침대에서는 한번도 잠을 잔 적이 없다. 소파에 누우려는데 마른기침이 몇번 터져나온다. 억지로 기침을 참아가며 슈트케이스를 가져와 약상자를 꺼낸다. 아침부터 감기 기운이 있긴 했다. 약상자 안에는 아스피린, 알레르기 비염 치료제, 수면유도제, 소화제 등이 들어 있다. 기대감을 안고 과자상자에 손을 집어넣는 아이처럼 눈을 감고 약상자 안을 더듬어 아무 약이나 꺼내 입안에 넣고는 물과 함께 삼킨다. 약을 다 먹은 후에야 약 포장지를 살펴보니 수면유도제다. 자고 싶었는데 차라리 잘된 일이다. 그대로 다시 소파에 눕는다.

나는 아직, 로기완에 대해 무언가를 쓸 자격이 내게 있는 건지 자신할 수가 없다.

*

악몽을 꾸다가 잠에서 깼다. 또 그 장면이 나왔다. 나를 이곳으로 이끈 그 단 한줄의 문장과 시공간을 초월하여 긴밀하게 연결되어 있는 석달여 전의 그 장면. 좀처럼 몸을 일으키지 못한 채 어두운 천장을 가만히 올려다본다.

악성으로 바뀌었습니다. 유감스럽군요.

꿈속 장면에 윤주의 담당의사 목소리가 자동으로 겹치면서 오한이 든 듯 추워진다. 뜨거운 물로 샤워라도 해야겠다는 생각에 일어나 앉으며 자명종 시계를 찾는다. 늘 침대 머리맡 왼편에 두었던 시계가 손에 잡히지 않는다. 그제야 낯선 감각이 찾아든다. 나는 서울이 아니라 브뤼셀에 와 있는 것이다. 어떻게 여기까지 오게 된 것일까. 어쩌자고 이토록 먼 곳까지 와버린 것일까. 주위를 두리번거린다. 여기를 빠져나갈 수 있는, 서울 마포에 있는 내 원룸의 싱글침대로 이어지는 출구가 어딘가에 은밀하게 숨겨져 있을 것만 같다.

잠은 사라졌다. 소파 아래 두었던 휴대폰을 찾아 폴더를 여니 새벽 2시다. 난해한 이름의 화학성분으로 구성된 50밀리그램짜리 알약 하나는 채 다섯시간도 나를 잠재우지 못한 것이다. 게다가 완벽한 적막도 제공하지 못했다.

욕실로 들어가 뜨거운 물로 샤워를 한다. 샤워 후엔 수건으로 몸의 물기를 닦고 새 속옷과 잠옷을 꺼내 입고 꾸부정히 앉아 수분이 많이 함유된 바디로션을 온몸에 바르고 손톱과 발톱을 깎고 면봉으로 부드럽게 귀지를 닦아내고 젖은 머리칼이 잘 마르도록 드라이어를 켜놓은 채 빗질을 한다. 너를 혐오해. 생전 처음 본 사람이 적의에 찬 목소리로 그렇게 쏘아붙인다 해도 그리 놀라지 않을 것 같은 새벽이다. 드라이어를 끄고 어리둥절한 얼굴로 주위를 둘러본다. 우리, 결혼할까? 회상 장면에나 삽입되는 에코 사운드가 어느새 이 적막한 아파트 거실을 에워싸고 있었다. 바로 1027호, 윤주의 병실 밖 복도에서 날아온 재이의 목소리였다. 재이의 그 말이 나를 위로하는 데 여전히 유효하다는 사실이 나는 당혹스럽다. 지금은 다만, 그것만이 당혹스러울 뿐이다.

그날, 언제나처럼 윤주의 병실 문 앞에서 돌아서지도 안으로 들어가지도 못한 채 한참 동안 내 구두코만 내려다보고 있는데 재이가 뒤에서 조용히 나를 불렀다. 재이는 안 좋은 날을 택했다. 하긴, 윤주의 종양이 악성으로 바뀌었다는 전언 이후엔 모든 날들이 안 좋았다. 방송국을 나서는 나를 말 한마디 없이 쫓아와서는 병실 밖 먼발치에서 기다리고 있다가 저녁이나 먹을래? 묻듯 싱거운 프러포즈를 한 재이에게 나는 아무 대답도 하지 않았다. 그런 질문에는 거절의 말보다 불편한 침묵이 상대를 더 비참하게 한다는 걸 나는 모른 척했다. 재이도 대책없이 한 말이었는지 이내 후회하는 표정이 역력했다. 사랑의 고백조차 공유해보지 못한 우리였기에 결혼이라는 단어의 무게는 현실적으로 와닿지도 않았다. 우리는 더이상 시선도 맞추지 못한 채 지하주차장으로 내려갔고, 간단한 인사도 없이 각자의 승용차가 주차된 구역으로 서둘러 걸어갔다. 차 문을 열던 그 순간, 그리고 나는 돌아서서 다시 재이 쪽으로 걸어갔다. 다가오는 나를 봤는지 그새 운전석에 앉은 재이가 창문을 내려 고개를 내밀었다. 놀란 듯한 그의 얼굴을 내려다보며 나는 오랫동안 그런 상황에 어울리는 대사를 준비해온 사람처럼 이제 사무적으로만 나를 대해달라고 덤덤히 말했다. 이유를 덧붙여 말하지는 않았지만 재이가 그것을 모를 리 없었다. 행복해질 수가 없다고, 도저히 안 될 것 같다고, 덤덤한 표정을 짓고 있던 가면 속의 또다른 나는 울부짖고 있었다. 그는 내 예상대로 고개만 끄덕일 뿐, 끝까지 이유 따위 묻지 않았다. 나는 그 순간의 그의 진짜 얼굴을 읽을 수 없었다.

1, 2분 후, 재이의 차에는 시동이 걸렸다.

그의 차가 완전히 주차장을 빠져나간 후에야 나는 궁금해졌다. 내가 그를 추억할 때마다 가장 먼저 떠오르는 건 그의 어떤 모습일까. 온 정신을 집중해서 대본을 읽던 모습일까, 아니면 한순간도 가만히 있지 못하고 출연자들의 동선과 카메라의 각도를 체크하며 이리저리 분주히 움직이던 현장에서의 모습일까. 촬영이 끝날 때마다 사연의 주인공들과 낮은 목소리로 무언가를 이야기하던 사려깊은 모습일지도 모르고, 우리가 만든 프로그램이 끝난 후 엔딩 크레디트가 올라갈 때면 내게 들키곤 했던 그 환멸 어린 모습일지도 몰랐다.

이미 지나간 그 장면을 불러내어 내가 지금 확인받으려 하는 건, 그날 이후부터 그와 내가 경어를 사용해야 할 만큼 멀어지고 말았다는 단편적인 사실이 아니다. 나 역시 인생에서 중요한 행복 하나를 누리지 못한 채 내려놓았다는 것을, 또한 내가 할 수 있는 범위 안에서 충분히 괴로워했다는 것을, 재이와 내가 멀어질 수밖에 없었던 그 장면을 통해서라도 나는 확인받고 싶은 것이다. 그 장면이 내게 줄 수 있는 위로란 그 누구도 공감하지 못하는, 오로지 나 자신만을 설득할 수 있는 부질없는 차원이라는 것은, 그러나 지금 당장은 인정하지 않기로 한다.

2010년 12월 9일 목요일

    다미에 거리 32번지에 있는 '굿 슬립'(Good Sleep)이
라는 호스텔은 브뤼셀의 대표적인 쇼핑가인 누브 거리에
서 한눈에 찾아볼 수 있는 이노 백화점 뒤편에 있다. 아직
크리스마스까지는 보름 정도가 남아 있었지만 누브 거리
는 크리스마스를 주제로 세팅된 테마파크처럼 화려한 트
리와 원색의 장식으로 꾸며져 있다. 다미에 거리로 들어
서자마자 나는 이노 백화점이 하나의 이정표 역할을 하고
있다는 것을 알아차린다. 백화점 뒤편부터는 갱 영화에나
나올 법한 어둡고 칙칙한 골목이다. 그 많던 크리스마스
트리 하나 찾아볼 수 없다. 누군가 드럼통을 갖다놓고 불
만 피워놓는다면 이 골목에 꽤나 어울리는 소품이 될 것
같다.
    바이올린 사내에게 동전을 던져주고 돌아선 후, 로는

무작정 대로를 따라 걸었다. 호텔, 은행, 사거리, 횡단보도, 빵을 먹는 여자, 담배를 피우며 걸어가는 남자, 쓰레기를 수거하는 야광띠를 두른 사내들…… 일단은 잠잘 곳을 찾아야 한다는 일념으로 묵묵히 걷던 그는 한번 지나간 거리를 잊지 않기 위해 눈에 보이는 모든 것들을 머릿속에 저장하느라 분주했을 것이다. 그의 손에는 북역의 여행안내소에서 얻은 브뤼셀 시내지도가 들려 있었지만 그는 그 지도를 해석할 수는 없었다. 어디를 가든 지도부터 구해야 한다는 건 연길을 떠나오기 전 일주일 동안 브로커로부터 교육받은 수칙 중 하나였다.

호텔보다는 호스텔을 찾아갈 것, 가격이 부담되더라도 당분간은 독방을 이용할 것, 최대한 빨리 남쪽 대사관을 찾아가 도움을 요청할 것.

로의 머릿속에는 이런 문장들도 나열되어 있었다. 마치 고도로 훈련받은 정치 스파이의 행동지침처럼 간결하고 단호하며 여백 따위 없는 단문의 문장들. 우즈 유 렛 미 노우 칩 앤 굿 호스텔? 로는 이렇게 한글로 된 문장도 하나쯤 외우고 있었을지 모른다. 언어란 일종의 코드 같은 것이다. 그 세계로 들어가기 위해 입력해야 하는 사회적이고 논리적인 코드. 이 도시로 들어가는 코드 하나 제대로 입력할 줄 몰랐던 그가 중심회로에서 다소 빗겨난 뒷골목까지 흘러들어와 '굿 슬립'이라는 호스텔을 찾아낸 과정이 지금의 내겐 일종의 미스터리다.

리셉션에서 여권을 내밀고 싱글룸을 요청한다. 껌을 씹고 있는 커트 머리의 직원은 티셔츠에 청바지 차림이다. 이십대로 보이는 그녀는 인생에서 가장 빛나는 시기를 호스텔 리셉션에서 낭비하고 있다는 것에 진심으로 화가 난다는 얼굴을 하고 있다. 하지만 나는 리셉션을 떠난 그녀의 사생활 역시 '굿 슬립'이라는 이 호스텔의 이름처럼 어떤 상상력도 자극하지 않는 뻔하고 지루한 일상의 연속일 거라고 확신한다. 브뤼셀에서 통용되는 프랑스어뿐 아니라 영어로도 자신의 의사를 표현할 줄 몰랐던 로는 이 깐깐하고 재미없는 직원 앞에서 여러번 식은땀을 흘렸을 것이다.

"싱글룸은 없어요."

직원이 감정 없는 말투로 말한다. 3년 전에도 이 호스텔엔 싱글룸이 없었다. 영어도 못하는 손님에게 이미 짜증이 바짝 치밀어 있던 직원을 로는 그저 멀뚱히 쳐다보고 있어야 했다. 못 참겠다는 듯 직원이 두 팔로 엑스자를 만들어 격하게 흔드는 것을 본 후에야 로는 그녀가 하려

는 말을 이해했다. 지극히 비사회적이고 비논리적인 코드
로서. 아니다. 그때는 이 신경질적인 직원이 없었을지도
모른다.

"그럼, 2인용 방을 예약할게요. 그 대신 저 혼자 쓰고 싶
습니다."

로는 지금의 나처럼 영어로 이 문장을 구사할 수는 없
었으므로 양손을 모두 이용하여 최대한 자신의 의사를 밝
혀야 했다. 오른손 손가락 하나를 들어 싱글룸이라는 표
현을 했고 왼손 손가락 두개를 보여준 후엔 이내 직원처
럼 엑스자를 만드는 행동을 여러번 반복했다. 무성영화의
코믹배우처럼, 그러나 웃음을 유발하기보다 야유를 받는
어설프고 무능한 조연배우의 과장된 연기처럼 상상 속 로
의 그 행위는 나를 조금 슬프게 한다.

"오케이. 40유로예요."

직원은 볼펜과 숙박계를 내밀며 말한다. 40유로. 로에
게는 큰돈이었다. 그가 가지고 있던 650유로로 이 호스텔
에서 2인실을 혼자 쓰려면 하루 한끼만 먹는다 해도 2주
이상 버티기 힘들다는 계산이 나온다. 일주일 이내에 한
국 대사관을 찾아가야 한다고 그는 순간적으로 다짐했다.
마지막 희망, 마지막 꿈, 마지막 여행지. 로는 직원으로부

터 살짝 돌아선 채 안주머니에서 방수포를 꺼내 손가락에 침을 묻혀가며 40유로를 셌다. 방수포에 싸인 650유로. 그 장면을 상상하자 묵직한 통증이 가슴속에 내려앉으면서 숙박계에 이름을 적던 손길이 멈칫한다. 로의 일기를 정독하면서 딱 한번 독서가 중단된 것도 일기 후반부에 적혀 있던, 방수포에 싸인 그 돈이 의미하는 바를 알게 되었을 때였다. 나를 이곳으로 이끈 시사잡지의 문장 역시 바로 그 장면에서 비롯되었다.

"그런데 당신은 여기에서 일한 지 오래되었나요? 2년? 5년?"

작성한 숙박계를 내밀며 그렇게 묻자 직원은 뜨악한 표정을 짓는다.

"4년째예요. 그건 왜 묻죠?"

로가 이 직원을 통해 2인용 방을 구했을 가능성은 다시 높아진다. 만약 그랬다면, 그는 운이 없게도 지독하게 불친절한 호스텔의 리셉션 직원과 이 나라에서의 불완전한 첫 의사소통을 하게 된 셈이다.

"사실은 3년 전에 여기에 온 적이 있어요. 그런데 그때 당신을 봤는지 기억이 안 나서요. 308호에 묵었었는데……"

"그래요? 저도 당신이 기억에 없어요. 하긴, 여긴 하루에도 수십 명이 머물다 가는 곳이니까요."

"당신 말이 맞아요. 그런데……"

"또 뭐죠?"

"308호 방이 비었다면 그 방을 이용할 수 있을까요? 그 때를 기억하고 싶어서요."

"308호? 마침 비었네요. 그 방을 예약하겠어요?"

"고마워요."

"열쇠를 주긴 하겠지만 오후 3시 이후에나 방을 사용할 수 있어요. 짐만 내려놓고 나와야 돼요."

"오케이."

마지막까지, 직원은 인색한 미소조차 보여주지 않는다.

엘리베이터가 있긴 했지만 나는 그때의 로처럼 계단을 이용한다. 아무것도 들어 있지 않은 검은색 기내용 슈트 케이스는 가벼워서 좋았다. 내 휴대폰은 3년 전의 로가 내려다보았던 유리에 금이 간 손목시계처럼 오전 11시 30분을 가리키고 있다. 로는 다섯시간 반 동안이나 추운 거리를 헤매다가 이곳을 찾아왔고 가까스로 방 하나를 얻은 것이다.

마침내 308호실 앞에 나는 서 있다.

플라스틱 막대기에 달린 투박한 모양의 열쇠를 침착하

게 308호실 열쇠구멍에 집어넣으며, 어깨를 한껏 움츠리고 있던 로는 이 방의 문을 여는 순간에야 참았던 한숨을 내쉬었을 거라고, 나는 짐작해본다. 아직까지는 무사하다는 안도, 혹은 이제야 완벽한 혼자가 되어 죽을 수도 있겠다는 마음으로 그는 이 도시에서 가장 춥고 쓸쓸한 방 앞에 서 있었을 것이다.

문이 열리자 예상치 못했던 휑한 공간이 드러난다. 창문 바로 아래 나란히 놓인 두개의 침대뿐, 욕실이나 화장실도 마련되어 있지 않은 싸구려 티가 역력한 방이다. 전자레인지나 텔레비전은커녕 그 흔한 전기주전자도 없다. 게다가 문 왼편에 놓인 회색 세면대는 늙은 예술가의 우울한 설치예술품처럼 더없이 삭막해 보인다. 창가로 걸어가 슈트케이스를 벽에 기대놓고 커튼을 젖혀 창문을 연다. 밖으로 밀도록 설계된 창문은 고정장치 때문에 활짝 열리지 않는다. 맞은편엔 이노 백화점의 주차장 건물이 보인다. 아직 차들이 주차되어 있지 않아서 허약한 골조만 적나라하게 드러나 있는, 겨울에나 어울릴 것 같은 황량한 건물이다. 12월의 바람이 입안에 찬 기운을 가득 물고 와 308호 안에 몽땅 토해놓고 떠난다. 브뤼셀의 겨울바람에 형체가 있다면 그건, 심술궂은 거인의 모습과 흡사

할 것이다.

로는 운동화를 벗은 뒤 이 방에 들어왔고 곧바로 북쪽을 향해 큰절을 올렸다. 어머니를 향한 인사였다. 방향감각이 없는 나는 북쪽을 찾지 못한다. 그 대신 핸드백에서 담뱃갑과 라이터를 꺼내 담배 한대에 불을 붙인다. 로가 이 방에 들어와서 두번째로 한 일이었다. 창을 열고 백화점의 주차장 건물을 건너다보며 조급하게 담배를 피우면서 로는 떠나온 곳에 대해 생각했다. 완벽하게 구사할 수 있는 언어가 있었고 학습하지 않아도 알 수 있는 관습이 있었으며 마주 보는 것만으로도 언제든 살아가야 함을 말없이 일깨워준 어머니가 있었던 세계, 바로 로의 고향.

로의 일기에는 고향에 대한 정보가 거의 없었다. 로가 태어나서 자란 함경북도 온성군 세선리는 훗날 그가 난민 신청국 심문실에서 직접 작성한 자술서에만 나와 있을 뿐이다. 나는 로기완이라 불리며 1987년 5월 18일 조선민주주의인민공화국 함경북도 온성군 세선리 제7작업반에서 태어났습니다. 이 문장으로 시작되는 A4 용지 다섯장 분량의 자술서는 절반 정도가 고향과 가족에 대한 이야기였다. 로가 다섯살 때 탄광에서 죽음을 맞았다는 로의 아버지는 제3작업반에서, 로의 유일한 가족이었던 어머니는 제5작업반에서 태어났다는 것도 나는 그 자술서를 통해 알게 됐다. 1965년 11월 23일 함경북도 온성군 제5작업반에서 태어나 2007년 9월 11일 중국 연길의 이름이 확인되지 않는 외과병동에서 사망한 최영애가 바로 로의 모친이었다. 몇장의 종이에 기록된 그녀의 역사는 이렇게 돌고 돌아 나에게까지 왔다. 담배연기를 깊이 들이마셔본다. 지금 이 순간 나 하나 정도 이 세상에서 조용히 소멸한대도 누구 하나 가슴 치며 아파하지 않을 거라는 아픈 상념이 매운 연기 속으로 스며든다.

"헤이!"

마침 등 뒤에서 하이톤의 목소리가 들려와 나는 천천히 뒤를 돌아본다. 돌아본 곳에는 3년 전의 로가 어리둥절한 표정으로 마주 봐야 했던 흑인 여자가 서 있다. 푸른색 작업복 차림에 진공청소기를 옆에 끼고 있는 흑인 여자는 사십대 초반쯤으로 보인다. 3년 전에도 그녀는 여벌의 열쇠로 방문을 열고 들어와서는 쾅쾅 벽을 치며 신경질적인 목소리로 로를 불렀다.

"방에서 담배를 피우면 안 돼요! 게다가 지금은 청소 시간이라고. 체크인 시간이 될 때까지 나가 있어요, 당장! 안 그러면 경찰을 부르겠어!"

흑인 여자는 그때도 이렇게 소리를 지르며 쏘아붙였을 것이다.

로는 흑인 여자의 격한 문장 속에서 경찰,이라는 단어만은 알아들을 수 있었다. 역시나 연길에서의 예비교육을 통해 습득한 단어였다. 경찰이라는 단어를 들은 순간 온몸이 얼어붙는 것 같은 극한 공포가 로를 덮쳤다. 흑인 여자가 경찰을 운운한 건 자신이 불법 신분임을 알아서가 아니라 고작 담배 때문이라는 것을 눈치채기 전까지 창가에 서 있던 로는 총살 직전의 사형수처럼 꼼짝도 하지 못했다. 불꽃이 남은 담뱃재가 떨어져 그의 발에 닿았지만 로는 뜨거운 것을 뜨겁다고 느낄 수 있는 감각조차 상실한 채였다.

나는 담배를 창틀에 비벼 끈 후, 슈트케이스는 그대로 두고 핸드백만 챙겨 문을 향해 뚜벅뚜벅 걸어간다. 방을 나서기 전에 팔짱을 낀 채 문가에 서 있는 흑인 여자를 눈에 핏발이 서도록 한번 노려보는 것도 잊지 않는다. 이것 봐, 그는 돈을 냈어. 돈을 지불한 방에서 담배 한대 피웠다고 경찰까지 들먹이는 거, 지나치지 않아? 내 눈빛에 이런 말들이 실려 있기를 바랐지만, 고개를 빳빳이 들어 나를 쏘아보는 흑인 여자의 얼굴에서는 너 따위한테 훈계 같은 건 듣지 않겠다는 과도한 결의마저 느껴진다. 소리나게 문을 닫는다. 그때껏 '헬로'나 '봉주르'조차 제대로 발음해본 적 없는 동양에서 온 키 작은 청년은 서둘러 운동화를 구겨 신은 채 이곳을 나서면서 이 도시에서의 삶이 이처럼 누군가의 반복되는 무시와 경멸, 그리고 자신을 향한 과장된 경계심과 불필요한 오해로 채워질 거라는 걸 예감했다.

*

여기는 별천지 같다.

일기는 다시 이렇게 이어진다. 호스텔을 나와 누브 거리를 걸으면서 로는 생각했다. 여긴 정말 별천지 같구나, 라고. 아침나절 숙소를 찾아 헤맬 때는 문을 연 상점이나 쇼핑객들이 거의 없었을 것이다. 어서 빨리 방을 구해야 한다는 절박함이 주위의 화려한 세계에 눈멀게 하기도 했으리라. 어렵게 숙소를 구하고 거리로 나온 후에야 로는 자신이 서 있는 곳이 이전까지 경험했던 세상과 너무도 다르다는 것을 깨닫고는 눈앞의 모든 것을 홀린 듯 바라보았고 그 덕에 잠시나마 공포를 잊을 수 있었다. 빛나는

쇼윈도, 진열된 고가의 상품들, 귓가에 쟁쟁 울리는 빠른
선율의 음악, 한겨울임에도 짧은 셔츠에 짧은 치마를 입고
손님들을 상대하는 아름다운 여직원들, 그들이 구사하는
노래 같은 언어, 쇼핑백을 들고 포만감에 젖은 표정으로
거리를 활보하는 거인족의 후손 같은 키 큰 사람들⋯⋯

로는 이미 연길에서 자본주의를 한번 경험해봤지만 브
뤼셀과 연길은 달랐다. 길을 걷는 사람들의 모습이 달랐
고 들려오는 언어가 달랐으며 두 도시의 전반적인 분위
기도 달랐다. 연길의 자본주의가 급조된 느낌이 드는 허
약한 구조였다면, 브뤼셀의 자본주의는 진정한 풍요와 자
유가 느껴지는 여유롭고 단단한 구조였다. 연길은 결핍을
채우는 데 급급한 도시였고 브뤼셀은 그 자체로 이미 충
만한, 배타적이고 오만한 도시였다.

로는 의심스러웠다. 영양실조로 성장이 멈춘 아이들,
병자처럼 머리카락이 뭉텅뭉텅 빠지던 청년들, 삶의 이유
이기도 했던 공장의 기계를 분해하여 중국의 값싼 곡물
과 물물교환을 해야 했던 젊은 노동자들, 농장 창고에 몰
래 숨어들어가 곡식을 훔쳐먹다가 체포되던 그 순간에도
악착같이 손을 뻗어 한움큼이라도 더 먹으려 했던 사람,
그런 사람들, 하루 걸러 들려오던 부음, 상비약조차 구하

기 힘들었던 병원, 냉난방시설은커녕 전깃불조차 수시로 꺼지곤 했던 관공서들, 더이상 교과서와 학용품을 대주지 못했던 학교…… 그건, 그 사람들은 허구였던가. 이토록 풍요로운 세계 저편에 믿을 수 없을 만큼 가난하고 기근에 허덕이는 거대한 공동체가 분명 하나의 국가로 존재한다는 것이 로는 믿어지지 않았다. 그리고 그 누구도 아닌 바로 자신이 그 세계로부터 왔다는 사실은 더더욱 믿을 수 없었다. 아무도 반겨주지 않는 머나먼 연회장을 초대장도 없이 찾아온 이상한 방문객이 된 것처럼, 고향을 떠올린 그 순간 로는 스스로가 이유없이 부끄러워졌다.

로는 다시 쓴다. 이 나라 사람들은 입안에서 굴러다니는 유리알 같은 언어를 사용하는 거인족의 후손 같다고. 너무도 부드러운 소리여서 오로지 달콤한 말을 속삭일 때만 유용할 뿐 고함, 절규, 울부짖음 같은 것은 애초부터 담아낼 수 없을 것 같은 언어. 그렇다면 브뤼셀 시민들은 그때의 로를 어떻게 보았을까. 굶주림이란 역사책이나 영화 같은 데서만 간접적으로 경험해봤고, 목숨을 걸고 국경을 넘는 건 컴퓨터게임 속에서나 일어나는 가상의 일이라고 여겨왔으며, 국적을 잃은 자의 병적인 불안감은 상상도 하지 못하는, 나와 크게 다를 것 없는 이곳 사람들은.

좀더, 속삭이며 다시 걷는다. 좀더, 나는 좀더, 걸어야
했다.

어느 상점의 쇼윈도였을까.

로가 걸음을 멈추고 쇼윈도 바깥에서 한참 동안 들여
다본 것은 검은 모직코트를 걸치고 있는 늘씬한 마네킹이
었다. 마네킹 발밑에 놓인 작은 푯말에는 2,320유로라는
가격이 적혀 있었다. 그 액수는 로에겐 세상에 없는 숫자
인 양 비현실적이었다. 게다가 그의 곁엔, 몹시도 간절하
게 그런 옷을 사주고 싶었던 단 한명의 가족도 이미 떠나
고 없었다.

로의 어머니는 겨울 내내 솜이 거의 빠진 군용 점퍼를
입고 목욕탕과 노래방으로 출근했었다. 연길의 겨울은 브
뤼셀보다 더 추웠다. 로의 어머니는 낮에는 목욕탕 청소
를 했고, 저녁엔 노래방으로 출근해서 잔심부름을 하거나
거나하게 취한 취객들을 위해 노래를 불렀다. 로는 어머
니가 노래방에서 일하는 것만큼은 말리고 싶었지만 저녁
에 두번째 출근을 하는 어머니를 막아선 적은 없었다. 연
길에서 신분이 보장되지 않는 젊은 남자가 일을 찾는다는
건 거의 불가능했다. 젊은 남자란 공안의 눈에 쉽게 띄게
마련이었고 공안에게 걸리면 그후의 일은 그 누구도 책임

질 수 없는 영역이 되어버린다. 간혹 불법 벌목장이나 공사장 같은 곳을 찾아가긴 했지만 어렸을 때부터 키가 작고 몸이 약했던 로는 감독관 사무실에서 번번이 퇴짜를 맞고는 힘없이 돌아서야 했다. 로는 외가 쪽 친척이 어렵게 마련해준 그늘진 골방에 앉아 고향에서 가져온 책들과 한인 교회 사람들이 기부한 중국어 교재를 건성으로 읽으면서 분주하게 출퇴근을 반복하는 어머니를 지켜보는 것 외엔 할 수 있는 일이 없었다. 좀처럼 오지 않는 일할 기회를 하염없이 기다리며 자신의 왜소한 몸과 언제나 환하게 불을 밝히고 있는 정신을 혐오하는 것, 로의 열아홉살과 스무살은 그렇게 소모됐다.

맥도널드.

누브 거리 24번지에 있는 이 맥도널드가 허기진 로가 들어갔던 그곳이 맞을까.

연길에도 맥도널드는 있었다. 한밤중 강을 건너 그곳이 중국이라는 것 외엔 아무것도 알지 못했던 낯선 숲속에서 아침을 기다렸다가, 광포한 바람과 싸우면서 열다섯시간을 걸은 다음에야 외가 쪽 친척을 만나 버스를 타고 도착했던 연길. 로가 처음 본 자본주의 도시였다. 입간판에 쓰인 맥도널드와 케이에프씨, 사람들의 손에 들린 모토롤라 휴대폰의 상표와 도로를 달려가는 도요타나 벤츠 같은 수입 자동차들의 마크는 근사한 무언가를 약속해줄 것만 같은 자본주의의 문자였다. 하지만 그곳에서 1년 넘게 사는 동안, 로가 그 도시의 중심가에 위치한 맥도널드에서 햄버거를 사 먹어본 적은 없었다. 모토롤라 휴대폰이나 도요타 자동차는 더더욱 로의 사유재산 목록에 들어갈 수 없었다. 로는 연길 중심가에서 버스로 30분 이상 가야 나오는 가난하고 외진 동네를 벗어난 적이 거의 없었고, 그것도 낮과 밤이 잘 구분되지 않는 어두운 방에만 갇혀 있다시피 살았다.

몇번이나 망설이던 로는 결국 맥도널드에 발을 들여놓았다. 딸랑, 돈 가진 자를 환영해주는 출입문의 방울소리. 3년 전처럼, 오늘도 이곳 맥도널드에는 빈자리를 찾을 수 없을 만큼 손님들이 꽉 차 있다. 주문대 앞, 길게 늘어선 줄 끝에 서본다. 당시 로가 알고 있던 패스트푸드란 햄버거와 콜라뿐이었으므로 로는 그외의 다른 것은 주문할 수도 없었고 요구할 수도 없었다. 줄이 짧아지고 있었다. 로는 또다시 긴장해야 했을 것이다.

일기에는 로가 처음 먹게 된 햄버거의 이름이 나와 있지 않다. 소고기 맛이 나는 엄청나게 큰 햄버거였다고만 적혀 있을 뿐이다. 베를린행 비행기 안에서 제공된 기내 식사 이후로 하루 반나절 이상, 로는 공복 상태였다. 로는 혀에 감기는 달콤하고 뜨거운 고기 맛을 전율하듯 느끼며 단숨에 햄버거를 먹어치웠고 입안을 싸하게 감싸는 콜라를 벌컥벌컥 들이켰다. 자본주의는 달콤했다. 언제든 주머니 안쪽에서 빼낼 수 있는 현금만 있다면 자본주의는 필요한 모든 것을, 때로는 배부른 후에 찾아오는 근거없는 낙천성까지 제공해줄 의향이 있어 보였다. 달고 따뜻한 음식을 다 먹은 로는 브뤼셀에 도착한 이후, 아니 고향을 떠나온 이후 처음으로 가슴속에 꽉 들어차는 안도감을 느꼈다.

나는 지금 3년 전 로가 앉았을 창가 자리에서 거리를 보고 있다. 내 앞에는 빅맥 세트가 놓여 있다. 창밖으로 차도르 같은 검은색의 망토를 입은 여인이 갓난아기를 품에 안은 채 추위에 몸을 떨며 동전을 구걸하는 모습이 보인다. 유럽에서는 흔하게 볼 수 있는 집시다. 집시들은 갓난아기를 안고 구걸을 하는 경우가 많다고 언젠가 여행책자에서 읽은 적이 있다. 사람들의 동정심을 유발하는 데 굶주리고 추위에 떠는 아기만큼 효과적인 유인책은 없을 것이다. 하지만 거리를 걷는 대부분의 브뤼셀 사람들은 아기가 유발하는 동정심 따위엔 이미 면역이 되어 있는 듯 좀처럼 걸시여인의 때 묻은 종이컵에 동전을 던져주지 않는다. 다시 맥도널드 내부를 둘러본다. 씹고 삼키고 마시는 입술은 저마다 기름기로 반질거린다. 외투를 벗었는데도 땀을 흘리며 먹고 웃고 떠드는 데 열중해 있는 사람들, 내가 그들 사이에 앉아 있다. 이 일상적인 공간에서조차 돈이 있는 자와 없는 자는 너무도 다른 세계 속으로 갈라져 편입되는 것이다.

그런데 이 안쪽의 자리는 언제부터 나의 것이었던가.

걸시 여인 탓도, 사람들의 반질거리는 입술 때문도 아니겠지만 식욕은 좀처럼 일지 않는다. 윤주가 들려줬던 이야기가 이 무심하게 슬픈 이분된 세상 속으로 해질녘의 석양처럼 느릿느릿 스며들고 있기 때문일까. 어머니가 아버지 대신 일을 시작하면서부터 차가운 밥을 허겁지겁 먹은 때가 많았다고, 그애는 말한 적이 있다. 특별방송 편성으로 뜻지 않은 휴가가 생겨 그애의 이문동 반지하 자취집으로 피자를 사 간 날이었다. 검사결과는 모두 나왔고 수술 날짜는 2주 뒤로 잡혀 있었다. 수술을 받기 전, 나는 윤주에게 몸에는 좋을 것 없지만 오랫동안 접하지 못하면 자주 생각나게 마련인 피자 같은 음식을 먹게 해주고 싶었을 것이다.

차가운 밥을 허겁지겁 먹어야 했던 그때, 자신은 아홉 살 정도였고 여동생은 학교에 입학할 날을 손꼽아 기다리던 나이였다고 윤주는 말을 이었다. 한마디로, 성장을 위해서라면 뭐든지 먹어치울 준비가 되어 있던 시기였다. 공사장에서 일하던 윤주의 아버지는 떨어지는 벽돌에 맞은 후로 오랫동안 허리를 쓰지 못했다. 자식들을 위해 부엌을 드나들 수도 없었던 윤주의 아버지는 자신이 아무 쓸모없는 존재라는 것을 부정하기 위해 자기학대적인 혼잣말을 반복했다. 무려 2년 가까이 윤주의 아버지는 형체도 없는 자기 앞의 거대한 괴물과 싸워야 했던 것이다. 집 근처 공장에서 플라스틱 주방용기를 포장하는 일을 시작한 윤주의 어머니는 좀처럼 제시간에 퇴근하는 일이 없었다. 저녁때가 되면 윤주는 허기와 아버지의 이해할 수 없는 혼잣말을 피해 여동생을 데리고 자주 집을 나와 있곤 했다. 어머니를 기다리는 시간은 늘 더디게만 흘러갔다.

—그런데 말이에요.

윤주가 피자를 한조각 집어들며 말했다.

—엄마가 피자를 사 온 날이 있었어요. 다 식은 피자였는데도 세상에 이렇게 맛있는 건 없을 거라고 감탄하며

먹었던 기억이 나요. 동생과 머리를 서로 밀어대며 엄청 빨리 먹어치웠어요. 아무래도 내가 먹는 속도가 더 빠르니까 동생은 그게 분해서 울고불고, 벽 쪽으로 돌아 누운 아버지는 맛 좀 보라는 엄마 말에도 꼼짝도 안 하고, 엄마는 퀭한 눈동자로 나랑 동생을 가만히 쳐다만 봤어요. 아니나 다를까 새벽에 탈이 난 거예요. 화장실에서 모두 토해놓고도 그게 아까워서 변기 앞에 쭈그리고 앉아 엉엉 울었다니까요. 그런데 있죠……

　—……?

　—그게, 마지막이었어요.

　—뭐?

어쩐지 모든 것을 뻔히 알고 있으면서도 악의적으로 확인하며 타인의 상처를 덧나게 하는 미성숙한 인간처럼 나는 얼떨결에 묻고 있었다.

　—엄마가 다음날 아침 일찍 집을 나갔거든요. 아예 말이에요. 그때부터 아버지는 진짜 미치기 시작했어요. 내 오른쪽 얼굴이 부풀어오르기 시작한 것도 그때부터였던 것 같아.

윤주가 이야기를 마친 후에도 우리는 여전히 미소를 잃지 않은 채 사이좋게 피자를 나눠 먹었지만 가끔씩 숙연한 얼굴이 되어 힘겹게 침을 삼키는 그애를 나는 똑바로 처다보지 못했다. 그날 나는 체했다. 자리를 정리한 후 가방을 챙겨 일어나다 말고 불쑥 헛구역질을 하는 내 등을 윤주는 오래오래 쓸어주었고, 바늘로 내 양손 엄지 끝을 아프지 않게 따주기도 했다.

햄버거와 콜라를 한쪽으로 밀어놓고 가방에서 휴대폰을 꺼낸다. 출국 이후 아직까지 한번도 사용해본 적 없는 로밍 휴대폰의 폴더를 열고 윤주의 병실 전화번호를 누르는 동안 내가 꺼낼 첫마디를 생각해본다. 전에 말했지? 언니는 지금 브뤼셀에 와 있어. 벨기에라는 나라의 수도 말이야. 항암치료, 힘들지? 곧 수술인데 컨디션은 어때? 넌, 죽지 않을 거야, 그렇지? 아니다. 윤주의 상태를 걱정하는 이런 말들은 도망 온 내 상황에 비추어보면 진정성 없는 껍데기 같은 것에 불과하다. 차라리 이렇게 시작하는 게 나을지도 모른다. 어떤 사람을 좀 알고 싶어서 여기까지 왔는데, 용기 없게도 나는 그 사람을 만나러 가는 대신 그냥 그 사람이 다녔던 곳, 다녔을 것 같은 곳을 걷고만 있어. 내가 지금 잘하고 있는 걸까?

고개를 젓는다. 어떤 문장도 마음에 들지 않는다.

어차피 서로의 얼굴을 마주 보지 않아도 되는 전화통

화일 뿐이니 좀더 솔직해져도 되지 않을까. 이니셜 L에 지나지 않았던 낯선 사람의 삶에서 어째서 이렇게 자주 익숙한 장면이 발견되는지 모르겠다고, 나는 말할 수도 있을 것이다. 신호가 간다. 벨소리가 요란할 텐데도 전화기만 물끄러미 건너다볼 그애를 상상해본다. 신호는 좀처럼 통화로 연결되지 않는다. 열번 혹은 열두번 신호가 울린 다음에야 직직거리는 소음과 함께 누군가 수화기를 붙잡는다는 느낌이 든 순간, 나는 서둘러 폴더를 닫는다. 처음부터 통화를 목적으로 전화를 건 것은 아니었다. 아니었을 것이다. 윤주는 평소에도 병실 전화는 잘 받지 않았다. 나는 그것을 미리 계산하고는 휴대폰이 아닌 병실 번호로 전화를 걸었던 것일 테고……

닫힌 폴더의 작은 창에는 현재 시간이 부드러운 굴림체로 떠 있다. 이제 '굿 슬립'으로 돌아가 짐을 가지고 나와야 하는 오후 3시가 되었다고 휴대폰 시계는 친절하게 알려주고 있었다.

*

연민이란 감정은 어떻게 만들어지는 것일까. 어떻게 만

들어져서 어떻게 진보하다가 어떤 방식으로 소멸되는 것인가. 태생적으로 타인과의 관계에서 생성되는 그 감정이 거짓 없는 진심이 되려면 무엇이 필요하고 무엇이 포기되어야 하는 것일까.

이런 고민들은 재이와 프로그램을 시작하면서 나의 화두가 되었다. 사실 재이를 만나기 이전까지 나는 연민에 대해 심각하게 고민해본 적이 거의 없다.

재이가 기획하고 우리가 5년 동안 함께 만들어온 그 프로그램은 형편이 안 좋은 사람들의 사연을 25분짜리 미니 다큐로 만들어 한 회에 두 꼭지씩 방송으로 내보내는 동안 실시간으로 전화 ARS 시스템을 통해 후원을 받는 것이 전체 프레임이었다. 희귀병에 걸린 아들을 애달프게 키우는 미혼모, 지속적인 식욕을 통제하지 못해 200킬로그램에 육박하는 거구가 되어버린 소녀, 꿈과 미래를 찾아 한국에 왔지만 산업재해로 다리를 잃은 외국인 노동자, 돈이 없어 검사를 미루다가 병을 키우게 된 독거노인 등 사회의 시선 밖에 있던 사람들이 그 프로그램을 통해 자신의 존재를 알렸다. 내가 처음으로 메인 작가로 발탁된 프로그램이기도 했다.

그 프로그램을 맡기 전까지 나는 1년간의 스크립터 생

활을 마친 후 3년 가까이 서브 작가에 머물러 있었다. 서브 작가로 참여한 마지막 프로그램은 메디컬 다큐였다. 제보를 받은 사연 중 인상 깊은 환자를 채택해서 몇주에 걸쳐 그 환자의 동선을 따라다니며 50분짜리 다큐를 만드는 작업을 했다. 마음이 아픈 사람은 어디든 떠날 곳이라도 있지만 몸이 아픈 사람은 병원 외에는 갈 곳이 없다는 걸 그때 처음 알았다. 누구나 아는 당연한 사실인데도 솔직히 가슴으로는 깨닫지 못했다. 그때 나는 서브 작가에 불과했지만 워낙 환자의 상황에 따라 변수가 많았으므로 때로는 메인 작가 대신 나 혼자 한꼭지 전체의 대본을 써야 할 때도 있었다. 류재이라는 피디의 마음을 움직인 꼭지는 자신 역시 근이양증이라는 난치병에 걸렸음에도 치매와 당뇨를 앓는 아버지의 병수발에 정성을 다하는 서른두살 청년의 이야기였다. 그 꼭지의 담담한 내레이션이 마음에 들었다고 재이는 말했다. 여러 스태프들과 내레이션을 맡은 아나운서 등이 모인 첫 회식 자리에서였다. 그와 내가 처음 만난 자리이기도 했다.

출연자의 고통을 어떻게든 전달해보려는 진심이 느껴졌다고, 재이는 그날 그런 말도 했었다. 드디어 서브 작가에서 벗어나 메인 작가가 되었다는 들뜬 마음뿐이었으므로 나는 그가 채워준 소주잔을 든 채 열심히 고개만 끄덕였을 뿐, 나의 진심 같은 건 나 역시 모르는 일이라는 말은 하지 못했다. 진심인지 아닌지를 헤아리고 진심이 아니라면 왜 그리되었는지 곰곰이 성찰하면서 진심이 아님에도 기계적으로 대본을 써대는 자세를 반성하는 시간은 빡빡한 방송 스케줄 속에선 향유할 수 없는 우아함이었다. 눈 뜨면 촬영날이었고 밤새도록 쓰고 좀 쉬려고 하면 편집 스케줄이 잡혀 있었다. 출연자들은 수시로 연락을 해왔고 현장에서는 늘 돌발상황이 생겼으며 피디들은 내가 쓴 대본을 흔들며 "좀더 극적으로!"를 외쳐댔다.

방송국에서 4년여 동안 스크립터와 서브 작가로 일하며 나는 대체 무엇을 한 것일까.

무엇을 했는지는 나도 잘 알고 있다. 나는 쉴 새 없이 방송용 대본을 썼다. 한번 전파를 타고 난 후에는 누구도 다시는 들춰보지 않는 종이뭉치 속에서 내 이십대가 소모됐다. 일은 더없이 단순했지만, 일 이외의 것들은 늘 피곤했다. 어쩌면 나는 그 4년여 동안 일 자체에 몰두했다기보다는 일 이외의 것들을 견디기 위해 일을 이용한 건지도 모르겠다. 나는 견디고 또 견뎠다. 하루종일 책상만 지킨 채 출연자 섭외뿐 아니라 장소 헌팅까지 작가들에게 일임

하던 나태한 피디와 새벽에도 수십통씩 전화를 해오던 히스테릭한 메인 작가, 택시비 대기엔 빠듯한 월급 받는 거 뻔히 알면서도 굳이 막차시간 지날 때까지 붙잡아놓고는 같은 말만 반복하던 상사들을 나는 견뎌야 했다. 아무렇지도 않은 얼굴로 생리대 심부름을 시키던 선배 작가와 프로그램 종방 때쯤 되면 여기저기 눈치 보며 줄 대기에 바빴던 동료 작가들도 내가 견뎌내야 하는 목록에 포함됐다. 다른 사람의 기획안을 거의 그대로 베껴서 제출하던 사람, 자신의 능력을 과시하기 위해 노골적으로 옆 사람을 깎아내리던 사람, 사실 확인도 안 된 소문을 가공하고 부풀리는 데 모든 에너지를 쏟던 사람…… 그 모든 사람들을 견디고 지나오면서 나는 제법 성공적으로 사회화되었다. 적당히 타성에 젖어 있고, 열정은 근거없는 악의나 질투에 쏟아 붓고, 책임을 두려워하고, 그 누구도 절실하게 필요로 하지 않는, 충분히 자족적인 사람. 그러면서 늘 결여되어 있는, 잘 웃지도 울지도 않는 메마른 사람. 몇 개의 프로그램을 거치는 동안 내게 진심이란 단어는 자연스럽게 망각의 목록에 포함되어갔다. 그래서 5년 전의 나는 진심 운운하는 피디의 말에 부끄러움도 느끼지 않았다. 그가 내게 하고 싶었던 말은 출연자의 고통은 어떻게 해도 전달되지 않는 것 아니냐는, 일종의 부정문 같은 것이었다는 사실도 전혀 눈치채지 못했다.

방송시간은 금요일 자정이었다. 재이와 나는 금요일 밤마다 방송국 회의실에 나란히 앉아 우리가 만들고 편집해 내보낸 프로그램을 시청했다. 감정은 전염된다. 타인의 편집된 고통에 대한 재이의 불만족이 감지된 이후부터 나 역시 내가 쓴 대본이 모두 거짓 같다는 자격지심에 괴로워하기 시작했다. 시간이 흐를수록, 우리가 나란히 앉아 프로그램을 시청하는 날들이 많아질수록, 재이의 감정은 점점 더 크게 내 쪽으로 흘러들어왔다. 재이를 몰랐을 때는 알지 못했던 새로운 고통이었다. 그건, 거의 무력감에 가까운 환멸이 아니었을까. 프로그램의 목적은 최대한 많은 시청자들이 한통에 천원씩 기부되는 ARS에 전화를 걸도록 유도하는 것이었고, 그보다 더 강력한 시스템의 요구는 매주 정확한 수치로 기록되어 자동으로 서열화되는 시청률에 있었다. 화면은 출연자의 불행을 극적으로 조명해야 했고 내레이션은 과장된 감상에 젖어갔다. 방송이 끝나고 음악이 흐르면서 엔딩 크레디트가 화면을 채우면 재이와 나는 아무 말 없이 서로를 물끄러미 쳐다봤다. 어떻게 저런 쓰레기를 만들었지? 입에 올린 적은 없었지만 우리의 눈빛은 매번 그런 질문을 하고 싶다는 듯 우울하게 빛났다. 우리 모두를 같은 분량으로 괴롭히는 질문이었다.

재이는 연민이란 자신의 현재를 위로받기 위해 타인의 불행을 대상화하는, 철저하게 자기만족적인 감정에 지나지 않는다고 믿는 것 같았다. 시청자들은 전화를 걸어 천원을 지불하며 자신의 나쁘지 않은 현실을 새삼 깨닫고 일주일분의 상대적인 만족감을 사는 거라고, 언젠가 술에 취해 비꼬듯 말한 적도 있었다. 나는 동의할 수 없었다. 타인을 관조하는 차원에서 아파하는 차원으로, 아파하는 차원에서 공감하는 차원으로 넘어갈 때 연민은 필요하다. 그리고 그 과정에서 어떤 사람들은 자신을, 자신의 감정이나 신념 혹은 인생 자체를 부정하는 고통을 겪기도 한다. 화면 속 당신이 나와 다르지 않다는 걸 느끼는 순간은 내 삶이 그만큼 처절하게 비극적일 때만은 아닐 것이다. 내가 믿어왔던 모든 것을 의심하고 부정하는 순간, 나 역시 불우한 땅을 딛고 있는 가엾은 존재가 되는 거라고 나는 생각하게 됐다. 물론, 재이를 만난 이후부터 갖게 된 생각이었다.

내 대본은 조금씩 변해갔다. '그러나' '그럼에도' 같은 접속어나 '우리도' '마찬가지로' '다를 것 없다' 같은 표현들이 늘어갔다. 재이는 이번 대본은 괜찮다는 식의 인색한 칭찬조차 단 한번도 하지 않았다. 그저 희망적인 건 나쁘지 않지만 보는 사람들에게 희망을 너무 강요해서는 안 된다는 말을 여러번 반복했을 뿐이다. 방송이라는 구조 안에서는 진심 같은 건 영원히 생성될 수 없다는 비관이 읽히는 조언이었다. 나는 그럴수록 그가 틀렸다는 것을 증명하고 싶었다. 변한 건 대본만이 아니었다. 출연자들을 대하는 내 태도도 변해갔다. 스크립터들이 인터넷 게시판이나 전화로 사연을 보내온 사람들과 간이 인터뷰를 해 섭외를 마치면 촬영 전에 사적으로 그들을 만나는 데 많은 시간을 할애하게 됐다. 대본의 완성도를 높이기 위한 인터뷰는 아니었다. 녹음기를 켜놓고 인터뷰를 하는 대신 그저 밥이나 함께 먹으며 그들의 이야기를 사심 없이 들어주는 스스럼없는 자리였다. 서브 작가들이 작성한 촬영 구성안을 검토하고, 대본을 쓰고, 편집한 필름에 어울리게 완성 대본을 수정하다보면 일주일 단위의 시간은 덧없이 빠르기만 하여 바쁘다는 생각조차 할 틈도 없었지만, 출연자들을 미리 만나 그들의 이야기를 들어주는 건 내게 가장 중요한 일과 중 하나가 되어갔다.

그즈음에 윤주를 만났다.

윤주는 누군가의 보호가 필요한 열일곱살 여고생이었지만 나를 만나기 전부터 오랫동안 반지하 원룸에서 혼자 살고 있었다. 어머니는 떠났고 아버지는 3년여 전부터 이 세상 사람이 아니었으며 여동생은 행방불명 상태였다. 머리칼로 얼굴의 오른쪽 거의 대부분을 가리고 있었으면서도 그애는 고개를 들어 세상과 정면으로 눈을 맞추지 못했다. 불행한 사람은 많다. 그런데도 윤주를 대하는 내 마음이 다른 출연자들 때와는 조금 달랐다는 것을 나도 안다. 내 마음을 기울게 한 건 무엇이었을까. 애초에 그애에게 가졌던 내 지나친 관심이 내가 범한 죄였던 걸까.

아무려나 욕심을 부린 건 나였다.

수술 날짜가 다가오면서 촬영이 다시 시작됐지만 나는 윤주의 방송 날짜를 추석 연휴가 끼어 있는 주로 옮기는 것을 이미 마음속으로 정해놓고 있었다. 추석 연휴라면 평일보다는 아무래도 시청률이 높을 수밖에 없고, 그주 우리 방송은 추석 특집 드라마 때문에 시청률 높은 오락 프로그램 직후인 밤 11시로 시간 편성이 변경되어 있었다. 밤 11시면 자정보다 더 유리하고 게다가 가족들이 많이 모이는 날이니 ARS를 이용하는 건수도 더 늘어날 거라는 계산을 했다. 윤주에게 묻지도 않은 채 나는 재이와 윤주의 담당의사에게 내 생각을 밝혔고 그들도 모두 호의적인 반응을 보였다. 수술 날짜는 자연스럽게 석달 뒤로 연기됐다.

그렇게, 모든 것이 제대로, 문제없이 흘러가는 줄 알았다.

수술을 시작하면서 조직검사용으로 종양 일부를 떼어내 검사를 해봤는데, 뜻밖의 결과가 나왔습니다. 물론 이전 검사에 오류가 있었을 가능성도 배제할 수 없겠습니다만, 어쨌든 환자의 종양은 악성이었습니다. 신경섬유종이 아니라 암 덩어리였다는 말입니다. 이렇게 빠르게 악성으로 바뀌는 케이스는 희귀해서…… 유감스럽군요.

몇단계에 걸친 대수술이므로 수술시간을 예상할 수도 없다고 했던 윤주의 담당의사가 수술실에 들어간 지 불과 네시간 만에 다시 내 앞에 나타나 그렇게 말했을 때, 나는 신은 어디에 있는 건지 스스로에게 물을 수밖에 없었다. 재이는 서둘러 자리를 피하려는 담당의사를 붙잡아 이것저것 묻고 있었고, 수술 후 윤주의 모습을 카메라에 담으려 했던 스태프들은 허탈감에 인상을 쓰고 있었지만 나는 어떤 말도, 어떤 행동도 할 수 없었다. 이십년 넘게 의사생활을 해왔지만 저도 이런 일은 처음입니다. 할 말이 없습니다. 당장 종양을 완벽하게 제거하는 건 이제 불가능합니다. 일단 항암치료를 해서 전이를 막은 후에나, 아니 전이는 더 검사를 해야 알 수 있겠고…… 재이에게 붙잡힌 오십대 의사는 무언가를 계속 말하고 있었지만 내 귀에는 잘 전달되지 않았다. 언젠가 재이는 신이란 자신과 세계를 속이면서 살아 있음을 영속시키려는 나약한 자들이 만들어낸 환상일 뿐이라고 얘기한 적이 있다. 소아암에 걸린 딸을 위해 기도밖에 할 줄 모르는 이십대 초반의 어린 엄마를 촬영하던 때였다. 그때 나는, 대부분의 사람들은 영원한 삶이 아니라 순간적인 위로가 필요해서 신을 믿는 것이라고 반박했었다. 만약 그렇게라도 위로받을 수 있다면 신은 그것만으로도 존재가치가 있는 것 아니냐며 목소리를 높이기도 했다. 하지만 알 수 없었다. 의사로부터 감히 상상조차 해본 적 없는 그 뜻밖의 소식을 전해들은 후로 내 머릿속은 온통 뒤죽박죽이었고, 내가 느낄 수 있는 감정이란 애초에 이토록 불운한 삶을 하필이면 윤주에게 배당해놓은 신에 대한 야속함, 분노, 그뿐이었다.

이렇게까지 할 필요는 없잖아. 이렇게 무참하게 짓밟을 것까지는 없잖아, 아아——

그날 저녁, 나는 병원 화장실 세면대에 가득 물을 받아 놓고 그 안에 얼굴을 묻은 채 뒤늦게 울부짖어야 했다. 윤주는 아직 마취에서 깨어나지 않은 상태였다. 마취에서 깨어나 혹이 사라진 거울 속 얼굴 대신 세상에서 가장 잔인한 농담 같은 조직검사 결과를 마주하며 그애가 감당해야 할 고통을 나는 가능하다면 영원히 외면하고 싶었다.

내게 남은 건 스스로에 대한 가학적인 의심뿐이었다.

윤주로부터, 석달을 못 참고 악성으로 바뀐 그애의 성급한 종양으로부터 도망가고 싶은 것이 내 진심일지도 모른다는, 하여 그애를 대했던 내 마음은 나 자신을 위한 자족적인, 그래서 다분히 가식적인 연민에 지나지 않았을 거라는 견디기 힘든 의심. 수술을 미루자고 한 것은 나였지만 그건 오로지 선의에서 나온 결정이었으므로 그 누구도, 심지어 윤주조차도 나를 탓해서는 안 된다는 사람들의 위로는 순간적이어서 덧없었다. 석달 만에 신경섬유종이 악성으로 바뀔 리 없다고, 이전 조직검사에 오류가 있었을 뿐 윤주의 종양은 오래전부터 악성이었을 거라는 말도 내 의심을 잠재우지 못했다. 어쩌면 나를 이곳으로 이끈 것은 어느 날 우연히 발견한 탈북인에 대한 기사 속 한 줄의 문장이 아니라 완벽하게 부정할 수도 없고 외면할 수도 없는, 그 가학적인 의심인지도 모른다.

체크인 시간에 체크아웃을 하고 환불도 요청하지 않은 채 슈트케이스를 끌며 호스텔을 나서는 나를 리셉션의 커트 머리 직원은 멀뚱히 쳐다본다.

박이 빌려준 아파트에 도착하자마자 나는 슈트케이스를 현관 앞에 세워두고는 그대로 거실 창가에 놓인 책상 앞에 앉는다. 가방에서 로의 일기를 꺼내 이번만큼은 행간의 의미, 단어와 단어 사이의 여백까지 꿰뚫는 독서를 해보겠다고 다짐한다. 섣불리 연민하지 않기 위하여, 텍스트 외부에서 서성이는 것이 아니라 텍스트 내부로 스며들어가 스스로에 대한 가혹한 고통과 뒤섞인 진짜 연민이란 감정을 느껴보기 위해서. 나는 재이뿐 아니라 나 역시 틀렸다는 것을 그 누구도 아닌 나 자신으로부터 인정받고 싶은 것이다.

2010년 12월 10일 금요일

　하루종일 거실 창가에 놓인 커다란 원목 책상에 앉아 로의 일기를 읽고 또 읽는다. 그의 일기를 정독한 횟수는 이제 나도 잘 모르겠다. 밤이 되어서야 일기를 덮고 노트북을 켜서 다운로드해놓은 음악파일을 연다. 첫번째 트랙은 라흐마니노프의「보칼리제」이고 두번째 트랙은 밥 딜런의「노킹 온 헤븐스 도어」이다.

　트랙이 세번째쯤 반복될 때, 언젠가 미리 사놓은 맥주를 냉장고에서 꺼낸다. 필스너다. 체코 맥주 필스너는 데운 정종과 함께 재이가 가장 즐겨 마셨던 술이다. 그의 아파트 거실에 앉아 재즈나 블루스 같은 음악을 틀어놓고 필스너 혹은 데운 정종을 마시는 비 내리는 저녁을 나는 사랑했다. 내 남은 인생이 비극적인 고통 외엔 아무것도 없는 나날뿐이라고 해도, 그와 함께 맥주나 정종을 마시는 편안한 저녁이 한번씩 끼워져 있다면 기꺼이 현재의 괴로움을 감수하며 살아갈 수 있겠다고 생각한 적도 있다.

윤주의 병실 앞 복도에서 나를 흔들어놓았던 재이의 그 말이 또다시 내 안에서 자동재생되기 시작한다.

새삼 그 말의 무게가 가슴을 짓누른다. 연민에 대한 그의 생각이 틀렸다고 스스로를 설득할 수는 있어도 그를 그리워하는 내 마음은 제어할 수가 없다. 그럴 수는 없는 것이다. 5년 동안 업무적인 면에서 우리는 거의 완벽한 파트너였고 사적으로도 가장 친밀한 관계였다. 하지만 재이와 나는 서로의 감정을 확인하는 장면 같은 건 대본에 쓴 적도, 연출을 한 적도 없다. 진심이란 것에 병적으로 엄격했던 우리는 언어가 책임질 수 있는 영역 역시 가변적이고 생각보다 훨씬 협소하다고 여겼을 것이다. 감정적 차원의 진실이란 한순간에 급조되는 것이 아니라 시간과 추억을 헌납하며 조금씩 만들어가는 공유된 약속일 것이다. 흘러가는 시간이 있어야 하고, 그 시간이 조심스럽게 준비해놓은 구체적인 사건들도 있어야 한다. 사랑이란 언어가 그 모든 것을 보듬어준다고는 믿지도 않았고, 이제부터 연인이 되자는 식의 선언은 유치하게 느껴졌다. 오랜 시간을 관통한 후에 손안에 들어온 서로에 대한 신뢰감, 이 사람이라는 안도감, 시시콜콜 말하지 않고도 자연스럽게 공유되는 일과 일상, 그런 것들만으로도 나는 충분했다.

그런데……

나는 잘 알지 못한다.

5년을 거의 매일 만나며 함께 일해왔지만 그를, 그의 맨얼굴을 나는 도저히 알 수가 없다. 잘 안다고 생각했던 시절도 덧없이 흘러가버렸다. 지금 내 손에 잡히는 그의 이미지는 이런 것뿐이다. 보풀이 인 회색 터틀넥 니트, 언제나 뿌연 얼룩이 조금 묻어 있던 검은색 뿔테안경, 윗단추가 곧 떨어져나갈 것 같아 보는 사람을 불안하게 하던 셔츠들, 박음질한 자리가 허술하게만 보이던 다갈색 스웨이드 스니커즈……

그러니 내가 자명하게 알고 있다고 말할 수 있는 것은 오직 하나, 사랑의 고백이 담긴 장면을 대본에 쓴 적도 없고 연출한 적도 없는 우리에게 이제 그 감정과 시간을 증명해줄 필름은 없다는 것, 그것뿐이다. 우리는 많은 시간이 흐른 후 우리의 건조하고 허전한 이야기 속에 그런 결정적인 장면 하나 넣지 못한 것을 가슴 깊이 후회하게 될지도 모른다. 우리 자신이 무척 겁이 많은 사람들이었다는 것을, 사랑을 고백하는 일에도 언어의 한계를 염려하고 영원을 믿지 않는 염세적인 세계관을 끌어들이고 폐쇄적인 자의식으로 검열하려 했던 것은 결국엔 상대에 대한 배려가 아니라 그 사람의 바닥을 피해 가려는 이기심 때문이었다는 것도 우리는 불편하게 상기하게 되리라. 피상적인 고통이 때때로 진실을 회피하듯 우리의 지난 시간도 한낱 픽션에 불과했는지 모른다. 편집된 필름처럼.

가장 아픈 진실은 그 모든 것이 다만 우리의 선택이었다는 것, 그것이다.

음악은 일곱번째로 돌고 있다. 세번째 필스너도 금세 비워진다. 오랜만에 마신 술 때문에 나른한 피곤이 온몸을 감싼다. 소파로 가서 누우려다가 책상 쪽으로 되돌아가 로의 일기를 다시 펼친다. 책갈피를 꽂아놓은 페이지가 펼쳐지면서 희미한 빛 하나가 내 얼굴에 반사된다. 펼친 페이지 안에는 그 삭막한 호스텔 침대에 앉아 손가락에 침을 묻혀가며 돈을 세고 있는 로의 뒷모습이 들어 있다. 침대 옆 스탠드에서 흘러나온 단 한줄기의 불빛이 로의 그림자를 기다랗게 늘어뜨리고 있고, 그 그림자의 흔들리는 실루엣은 어서 가까이 다가오라고, 다가와 있는 그대로를 독해해달라고 내게 손짓하는 것 같다. 그 불빛에 의지하여 나는 내게 등을 돌리고 앉아 있는 로의 초조와 불안을 다시 한번, 한줄 한줄 손으로 읽어내려간다.

*

늦은 저녁 '굿 슬립' 308호로 돌아가면, 로는 문을 걸어 잠그고 불을 끈 후 커튼을 닫았다. 암순응은 더디게 왔다. 침대 옆에 놓인 작은 스탠드를 켠 후에도 로는 여러번 두 눈을 크게 끔벅이곤 했다. 로는 언제나 시야가 완벽하게 맑아진 후에야 품 안쪽에서 조심스럽게 돈을 꺼냈다. 샤워할 때를 제외하곤 결코 몸에서 내려놓은 적 없는, 방수포로 몇번이나 싼 그의 전재산. 그건 어머니와 맞바꾼 목숨보다 소중한 돈이면서 손을 댈 때마다 손가락 끝이 아니라 심장 안쪽에서 먼저 그 촉감을 아프게 감지하던 로, 오직 그만의 돈이었다.

방수포로 싸긴 했지만 오랫동안 품에 넣고 다녔던 지폐는 꼬깃꼬깃했을 것이고 동전들에서는 비릿한 쇠 냄새가 났을 것이다. 로는 정신을 집중하여 한장 한장 정성스럽게 돈을 셌다. 동전까지 모두 세어보았지만 아무리 세고 또 세어봐도 총액수는 어제보다 늘 한줌씩 모자랐다. 어디에서 그 돈을 써버린 것인지 로는 골똘히 생각해야 했다. 세계 각지에서 온 배낭족들이 밤새도록 술 마시고 노래 부르며 이 방 저 방 뛰어다니는 것을 환청으로 치부하면서, 배가 고프다는 감각은 충분히 견딜 수 있는 작은 통증 같은 것이라고 스스로에게 최면을 걸기도 하면서, 자기 앞에 주어진 시간과 그 시간을 보장해줄 수 있는 몇장의 지폐만을 수심에 잠긴 얼굴로 걱정했다. 한국 대사관을 찾아가야 하는 날이 점점 다가오고 있다는 걸 머리로는 알고 있었지만 로는 하루만 더, 하는 심정으로 그 시기를 유예하고 있었다. 한국 대사관이 모든 것을 해결해주지 않을 수도 있다는 걸 로는 아마도 알고 있었던 모양이다. 누가 로에게 그런 말을 했던 것일까. 또다른 탈북인이었을까, 아니면 조선족 브로커였을까. 어쩌면 유럽은 복지국가뿐이어서 불법 신분도 거두어주는 낙원 같은 곳이라며 로의 유럽행을 부추긴, 연길에서 만난 남쪽 선교사들일지도 모른다. 그 사람이 누구였냐는 중요하지 않을 것이다. 중요한 건 한국 대사관에 너무 많은 것을 기대하지 말라는 그 누군가의 차가운 전언 그 자체이다. 아니, 가만히 서서 그 차가운 전언을 들으며 마음을 졸여야 했던 이방인 로의 모습이다. 미리부터 마지막 마지노선에마저 한계를 설정해놓고 그를 그 삭막하고 외로운 호스텔에 열흘 동안이나 머물게 한 그 사람의 성급한 조언을 나는 용서할 수 없다. 그건 타인의 고통을 나눠 가질 수도 없고 공감할 자격도 없는 이기적이고 근시안적인 자들이 행한 무심한 폭력이다.

마음속 조명을 켠다.

로는 한동안 침대에 앉아 허공을 바라보다가 다시 지폐와 동전을 모아 방수포로 꼼꼼하게 싸기 시작한다. 돈을 방수포로 틈 없이 싸는 건 로의 오래된 의식이었다. 일기장으로 흘러들어온, '굿 슬립'의 308호를 점점이 밝혀주는 스탠드 불빛 속에서 신중하게 돈을 싸는 로의 뒷모습을 나는 가만히 지켜본다. 순간적으로 나는 깨닫는다. 본 적도 없고 대화를 나눠본 적도 없는 그가 어느새 내 인생에서 지울 수 없는 하나의 공간을 차지하게 되었다는 것을, 내가 처음의 의도와 달리 너무 깊이 이 길로 들어섰다는 것도. 이니셜 L은 이제 더이상 새로운 세상으로 나를 이끌어주는 암호가 아니었다. 오히려 그건, 내가 내 인생 속으로 더 깊이 발을 들여놓도록 인도하는 마법의 주문에 가까웠다.

익숙한 화면이 오버랩된다.

너의 종양은 악성으로 바뀌었다. 유감스럽구나.

마취에서 깨어났을 때, 환자용 철제침대에 누워 있던 윤주는 격심한 통증과 몽롱한 정신을 수습하며 그런 전언을 들었을 것이다. 차가울 것도 없고 뜨거울 것도 없는, 다만 의학적이고 사무적인 전언을. 차선도 없으며 변경될 수도 없는 현실 그 자체를. 그 이야기를 들어야 했을 때 윤주는 혼자였다. 나는 병원 화장실에서 나오지 못하고 있었고 재이는 화장실 문 밖을 초조하게 서성이고 있었으며 나머지 스태프들은 촬영 스케줄을 철회하고 모두 집으로 돌아가고 없었다.

담당의사가 병실을 나간 뒤 윤주는 창가 쪽으로 고개를 돌렸을 것이다. 생에서 가장 어둡고 불안하며 고독한 시간 속에 놓인 그애를 상상 속에서만이라도 오래오래 지켜봐주고 싶다. 윤주가 깨어났다는 이야기를 듣고 뒤늦게 헐레벌떡 병실로 달려갔을 때, 그애가 건조하고 담담한 목소리로 "나가줄래요?"라고 말했던 장면은 편집한 채. 나가줄래요? 그 한마디에 그만 그대로 발걸음을 돌렸던 내 어리석은 행동까지, 가능하다면 모두 지워버리고 싶다. 내가 문을 닫고 나온 순간, 윤주는 다시 혼자가 되었다.

그날 이후에도 나는, 사실, 그렇게, 회피했다.

가학적인 의심은 나를 조금씩 병들게 했고 나에겐 도

망갈 곳이 필요했다. 나로 인해 되돌릴 수 없는 상황 속에 갇혀버린 열일곱 살 소녀 곁에서 한숨과 눈물로 감정을 소비하는 불우한 역할은 맡고 싶지 않았고, 그 역할 속에 숨어 아무렇지도 않게 스스로를 정당화하는 사람이 되고 싶지도 않았다. 가족도, 찾아올 친구나 친척도 없는 윤주가 병실에서 자주 혼자 울곤 한다는 걸 알면서도 그애를 찾아가는 일은 나날이 어려워졌다.

그애가 가장 괴로워했을 순간, 바로 자기학대적인 혼잣말을 반복하는 스스로를 발견하며 겁을 집어먹었을 그 순간에도 나는 도망가기 바빴다. 그때 윤주는, 허리를 다쳐 오랫동안 방 안에만 누워 있어야 했고 회복된 후에도 생계에는 관심을 끊고 술에 빠져 폭력이나 휘두르다가 3년여 전에 생을 마감한 자신의 아버지를 떠올릴 수밖에 없었을 터이다. 죽이고 싶지 않을 만큼만 미워했다던 아버지를 어쩔 수 없이 닮아버린 자신의 모습을 돌아봐야 했을 때, 윤주는 스스로에 대한 살의를 감당해야 했는지도 모른다. 나는 한번이라도 윤주를 품에 안고 그애가 마음껏 울 수 있는 시간이나마 마련해주었어야 했다. 병실 문틈으로 자학적인 혼잣말을 중얼거리는 윤주를 발견하고는 황급하게 돌아서고 만 내 행동이야말로 의심할 필요

도 없는 최악의 폭력이었다는 것을 나는 똑바로 직시해야
했다.

　그러나……

　윤주는 번번이 혼자였다.

　의사들과 간호사들이 문을 닫고 나가면, 그애는 자기
앞의 괴물과의 지긋지긋한 싸움을 또다시 시작해야 했다.

2010년 12월 12일 일요일

아침부터 비가 내리기 시작한다. 기온이 내려가면서 비는 눈으로 바뀔 듯하다가 이내 묽은 빗방울로 되돌아온다. 눈도 비도 아닌, 이름 붙일 수 없는 반(半) 액체의 무엇이 브뤼셀의 온 시내를 축축하게 적시고 있다. 우산을 받치고 있어도 바람에 실려오는 빗방울에 겨울 코트가 금세 젖는다. 방금 전 테이크아웃 커피숍에서 주문한 아메리카노의 온기를 한 손으로 느끼며 나는 다시 부지런히 걸음을 옮긴다.

약속장소에 도착하자 레스토랑 야외 파라솔에 앉아 커피를 마시며 담배를 피우고 있는 박이 보인다. 브루케르 지하철역 근처였다. 휴대폰으로 시간을 확인하니 약속시간보다 십분 이른 시각이다. 박은 언제부터 여기에 나와 있었던 걸까.

이틀 전 밤, 나는 냉장고에 들어 있던 필스너를 몽땅 꺼내 마시고 조금 취했다. 여러번 휴대폰 폴더를 열었지만 구체적인 번호를 누르지는 못하고 있을 때 왜 박이 생각났는지, 그건 나도 모르겠다. 이 도시에서 내가 연락해서 만날 수 있는 사람은 기자와 박뿐이고 기자는 바쁜 사람일 테니 연락을 하는 게 결례라고 여겼던 것일까. 아니다. 나는 휴대폰을 집어든 순간부터 박을 염두에 두고 있었다.

"비는 방금 그쳤소."

큰 걸음으로 파라솔 쪽으로 다가가자 박이 말한다. 그러고 보니 대부분의 사람들이 우산을 쓰지 않은 채 거리를 걷고 있다. 나는 우산을 접어 가방 속에 집어넣는다. 걸을까요? 박의 제안에 나는 고개를 끄덕인 뒤 의자에서 일어나려는 박을 부축한다. 박은 가벼운 손짓으로 내 손길을 무르며 혼자 힘으로 일어나 앞서 걷는다. 처음 만났을 때도 그랬던 것처럼 우리는 말없이 걷는다. 한참을 걷다가 우리가 지금 걷고 있는 거리의 이름을 묻자 박은 뵈르거리라고 알려준다.

"뵈르는 프랑스어로 버터를 뜻합니다. 이 나라엔 알고 보면 재미있는 거리 이름이 제법 많소. 이 근처만 해도 치즈 거리도 있고 허브 거리도 있으니까."

박의 설명이 재미있어서 나는 조금 웃는다.

로의 일기에는 거의 모든 페이지에 수많은 거리 이름들이 알파벳으로 적혀 있었다. 새로운 거리가 시작될 때마다 로는 걸음을 멈추고 표지판을 올려다보며 휴지조각이나 맥도널드 영수증 같은 곳에 거리 이름을 메모해두었다. 라부아르 거리, 포르주 거리, 부셰 거리, 롱그 비 거리, 클로셰 거리, 부아 거리, 피에르 거리, 샤봉 거리…… 로는 누브 거리에서 남쪽으로 내려와 포스 오 루 거리로 들어간 뒤 아렌베르그 거리에서 오른쪽으로 도는 산책을 선호했다. 물론 늘 그랬던 건 아니다. 어느 날은 아렌베르그 거리가 아니라 에퀴에 거리로 빠져 그대로 남역까지 걷기도 했고, 또 어느 날은 그가 처음으로 이 도시에 발을 디딘 곳인 북역까지 가서 듀폰 거리로 들어가 그 일대를 돌기도 했다. 거리 이름들을 적는 것 또한 로에겐 중요한 일과였기에, 저녁에 호스텔로 돌아가 돈을 다 세고 나면 로는 여기저기에 메모해놓은 그 이름들을 시내지도와 비교해가며 일일이 일기에 옮겨적었다. 조국의 영문 이름을 제외하면 알파벳을 써본 적이 거의 없었을 텐데도 일기에서 확인한 로의 필체는 반듯했다. 로는 분명 그림을 그리듯이 한 글자 한 글자 오랜 시간을 들여가며 정성스럽게 그 이름들을 적어내려갔을 것이다. 되도록 자신이 지나간 순서대로 거리 이름을 적고 싶었다고, 로는 일기 어딘가에서 밝히기도 했다.

로가 그토록 열심히 거리 이름을 적어내려간 이유는 무엇일까.

단순히 길을 잃지 않기 위해서만은 아닐 것이다. 그것만이 자신이 이곳 브뤼셀에서 살아 있다는 것을 증명해줄 수 있는 유일한 증거가 될 거라고 여겼던 것이 아닐까. 그럴 수 있다. 이 거리에서 로는 그 누구와도 가벼운 인사조차 나눈 적이 없다. 키 작고 왜소한 동양인 남자는 눈에 쉽게 띄긴 했어도 그가 브뤼셀까지 오게 된 과정을 궁금해하거나 그와 대화를 나누고 싶어하는 사람은 없었다. 의미가 없어진 그의 국적이나 자유롭게 구사할 수 있는 모국어, 그가 한 인간으로서 경험했던 모든 것들을 이 도시는 철저하게 무시했다. 그는 길을 걷다가도 간혹 자신의 두 팔과 두 다리를 물끄러미 내려다보지 않았을까. 언뜻언뜻 세상을 반사하는 쇼윈도 앞에서는 여러번 걸음을 멈추었을지 모르겠다. 양 발바닥에 집으로 돌아가는 지도가 그려져 있을 것만 같은 사람들, 귀가 얼얼할 정도의 소음을 내며 달려가는 긴급후송 차량들, 누군가의 비밀스러운 전갈을 입에 물고 수신인을 향해 날아가는 듯한 몇마리의 비둘기들, 목적지가 있고 살아가야 할 이유가 있는 존재들, 그리고 그 위에 겹쳐 얼비치는 자신의 희미한 실루엣, 흡사 유령 같은……

로가 가장 자주 간 곳은 브뤼셀의 중심가이자 관광지인 그랑 플라스였다. 아니, 북쪽으로 가든 남쪽으로 가든 결국엔 그랑 플라스로 이어지는 길을 택했고 저녁 무렵 그곳을 경유하여 호스텔로 돌아갔다. 누브 거리가 자본주의의 풍요로움으로 로를 놀라게 했다면, 그랑 플라스를 비롯한 중심가는 역사와 기품이 느껴지는 건물들로 로를 압도했다. 고풍스러운 건물의 외관, 기둥이나 지붕 아래 새겨진 섬세하고 신비로운 조각, 누군가 반갑게 손을 흔들어줄 것 같은 아름다운 테라스. 어둠이 내리면 온 도시에 느리게 조명이 들어왔다. 그럴 때마다 로는 낮 동안 깊이 잠들어 있던 크고 작은 나방들이 그제야 등에 불을 밝히고 거리를 날아다니는 것이 아닐까 생각했다. 로의 눈에는 아름답지 않은 건물이 없었다. 그러나 낯선 세계의 꿈결 같은 공간은 이방인 로의 눈 속에서 그리 오래 빛나지는 못했다. 추웠고 자주 허기졌기 때문이다. 로는 추위와 배고픔을 잊기 위해서라도 부지런히 걸어야 했다. 특히 손가락과 발가락 끝에 새겨지는 견디기 힘든 추위는 로를 끈질기게 고문하곤 했다. 도저히 참을 수 없을 때는 아무 상점에나 들어가 손님인 척 물건들을 구경하며 추위를 달랬다. 로에게 다가와 무엇이 필요하냐고 묻는 점원은 한명도 없었다.

뵈르 거리에는 크리스마스 시즌을 맞아 통나무집 모양의 작은 간이 상점들이 문을 열어놓고 있다. 하얀색 솜과 빨간색 알전구로 장식한 상점들은 요정이 살면 딱 알맞을 것 같은 작은 사이즈다. 스파게티, 바비큐, 팬케이크, 소시지, 샌드위치, 뜨거운 와인 등을 파는 통나무집 상점들 근처는 접시 하나를 들고 선 채로 음식을 먹거나 와인을 마시는 사람들로 북적인다. 시장하냐고 박이 묻는다. 나는 배는 고프지 않지만 거리에 서서 음식을 먹는 것도 재미있을 것 같다고 짐짓 장난스럽게 대꾸한다. 우리는 팬케이크를 파는 상점 앞으로 걸어가 5유로짜리 치즈 팬케이크 두개를 주문한다. 플라스틱 포크로 팬케이크를 잘라 먹다가 어느 순간 박과 눈이 마주친다. 반백의 머리칼에도, 두꺼운 안경알과 잿빛의 트렌치코트에도 하얀색 눈이 묻어 있다. 언제부터인가 다시 눈이 내리고 있었던 모양이다. 눈 맞은 박을 보며 내가 웃자 두꺼운 안경알 속에 안전하게 숨어 있던 그의 두 눈이 크게 끔벅인다.

3년 전 크리스마스 시즌에 로도 이 거리를 걸었다. 아직 한국 대사관을 찾기 전이었다. 한줌의 기대, 그리고 그 기대를 기대하지 않기 위해 애쓰던 이상한 아이러니 속에서 괴로워하던 열흘 동안의 긴 시간. 당시 로는 레스토랑이나 바에 비해 비교적 싼 가격으로 음식을 파는 이곳에서 몇번인가 식사를 해결했다. 그가 먹은 것은 스파게티였을까, 소시지였을까. 그는 그 음식들의 이름을 알고는 있었을까. 아무려나 야외음식점에서나마 돈을 지불하고 무언가를 사 먹는다는 건 그에겐 그리 흔한 일이 아니었을 것이다. 팬케이크를 우물거리다 말고, 브뤼셀의 수많은 레스토랑 앞에 오래 멈춰 서서 야외에 마련된 메뉴판을 뚫어지게 내려다보았을 로의 표정을 상상해본다. 그리고 단 한번도 레스토랑 안으로 들어서지 않은 그 엄청난 인내력도. 레스토랑 앞을 서성이는 로에게 들어오라는 손짓을 해보인 점원 역시 한명도 없었다.

박과 나는 뜨거운 와인도 한잔씩 사서 마신다. 겨울이 되면 유럽의 여러 나라에서 커피처럼 자주 마시는 음료가 뜨거운 와인이라고 박이 알려준다. 한번 끓여서인지 와인은 전혀 달지 않고 생각보다 진하다. 와인 한잔에 얼굴이 금세 빨개지자 이번엔 박이 나를 보고 소리없이 웃는다. 오랜만에 불편한 사회적 거리감이나 예민한 자의식 없이 사람을 만나고 있다는 생각이 든다. 박도 그런 생각을 한 걸까. 와인까지 다 마시고 다시 걷기 시작할 때, 박은 들릴 듯 말 듯한 작은 목소리로 중얼거린다.

"편하군요."

*

박과 나는 어느새 부르스 역을 지나가고 있다. 부르스 역 근처는 로가 이 도시에서 처음으로 시위 현장을 목격한 곳이다. 부르스 역에서 남역으로 이어지는 대로를 걷던 로는 어딘가에서 갑자기 터져나오는 사람들의 목소리와 음악소리를 듣고는 반사적으로 발걸음을 멈췄다.

2007년 12월 11일 화요일 오후 2시쯤이었다. 인터넷으로 검색해봤지만 그즈음 그런 소소한 시위가 수시로 있었는지 2007년 12월 11일 브뤼셀 시내에서 일어난 시위에 대한 구체적인 기사는 발견할 수 없었다. 다만 2007년 겨울 벨기에 전역에서 터키의 유럽연합 가입을 반대하는 반(反)터키 시위와 정부의 노동정책을 비난하는 노동자연합의 시위가 산발적으로 일어났다는 기사가 있으니 로가 목격한 시위도 그중 하나였을 가능성이 높다.

초록색 셔츠에 청바지를 입은 사람들이 색색의 풍선을 들고 가두행진을 하고 있었고 앞서가는 승합차에서는 경쾌한 음악이 흘러나왔다. 시위는 잔치처럼 흥겨웠고 누구도 폭력을 쓰지 않았으며 고성조차 오가지 않았다. 춤을 추는 사람들도 있었고 심지어 몇몇 연인들은 격하게 포옹을 하거나 입을 맞추기도 했다. 로는 그들이 정말 시위를 하고 있는 건지, 축제를 벌이고 있는 건 아닌지 헷갈리기 시작했다. 하지만 맨 앞줄의 누군가가 확성기로 무슨 말인가를 외치면 그 뒤를 따르던 사람들이 그 말을 반복해서 외쳤고, 몇몇 남자들은 원색의 글씨가 씌어진 피켓이나 깃발을 들고 행진했다. 게다가 경찰들은 인도에 서서 무전기로 교신을 하거나 가슴에 야광띠를 엑스자로 맨 채 차들의 진로를 바꾸기 위해 분주히 움직이고 있었다. 로는 평범한 사람들이 그런 식으로 정부에 반대의견을 드러낼 수 있다는 것에 놀랐다. 즐겁고 유쾌한 음악에 따라 춤을 추고 노래를 하고 입을 맞추면서 정부의 어떤 정책을 비판할 수 있다는 것이.

그곳은, 정말 지옥이었던가.

멈춰 선 채 가두행진을 하는 시위대를 눈으로만 좇아 가며 로는 언젠가 연길의 한인교회에서 들었던 목사의 설교를 떠올릴 수밖에 없었다.

연길에서 로의 어머니는 열심히 한인교회에 다녔다. 진정으로 교회가 약속하는 구원을 믿었다기보다는 어디든 기대고 싶은 뿌리 뽑힌 자의 불안한 마음 때문이었을 것이다. 연길에서 만난 남쪽 선교사들은 대체로 친절했다. 그러나 그것이 다였다. 남한으로 가 진정한 자유를 찾으라는 그들의 언어는 달콤하고 현란했지만 구체적인 약속을 해준 적은 없었다. 남한 교회를 돌며 최대한 비극적인 언어로 북의 현실을 고발하고 하나님을 영접하게 된 과정을 간증해주면 먹고사는 문제는 해결해주겠다고 단언하다가도 로가 용기를 내어 다가가면 한발 뒤로 물러서며 자신들의 말을 번복하기도 했다.

로는 어머니의 성화에 못 이겨 몇번 예배에 참여하긴 했지만 정기적으로 교회를 다니진 않았고 오히려 교회에서 만난 사람들에게 적대적이었다. 로는 신을 믿지 않았고, 사람들이 굶어죽는 것을 지켜보기만 하는 무력한 신이라면 더더욱 믿고 싶지 않았다. 교회에 아예 발을 끊게 된 건, 예배 중 목사가 북조선은 생지옥이므로 하루빨리 북조선의 길 잃은 양들을 구원해야 한다고 설교하는 것을 들은 이후부터였다. 로는 자신의 조국이 가난하다는 것은 인정했지만 그곳이 지옥이라고는 단 한번도 여기지 않았다. 대체 지옥이란 무엇이란 말인가. 로는 궁금했다. 가난이 지옥이라면 자본주의에도 지옥은 있다. 차이가 있다면 자본주의 국가는 일부만이 그 지옥을 경험하지만, 자신의 조국은 너무도 많은 사람들이 너무도 절박한 지옥을, 너무도 조직적으로 끌어안고 살아야 한다는 것뿐, 그뿐이라고 로는 생각했다. 국가가 부강하여 뭐든 줄 것이 있었다면 기꺼이 베풀었을 거라는 믿음이 로에겐 있었다. 로는 나눌 수만 있다면 언제라도 나눌 준비가 되어 있던 자신의 조국을 생지옥으로 규정하는, 줄 것이 있음에도 줘야 하는 순간에는 망설이고 도망가는 자들이 경멸스러웠다.

하지만 그날, 자유롭게 시위를 하는 브뤼셀의 군중을 바라보면서 로는 자신의 믿음에 미세한 금이 가는 것을 인정해야 했다. 로에게 조국이란 가난해도 선한 공동체였지만, 그 선한 의도를 받아들이지 않고 반대의견을 말하는 자들에게는 무참할 만큼 냉혹했던 것도 사실이다.

저항을 학습하지 못한 대부분의 사람들에게 가난은 그저 익숙하고도 어쩔 수 없는 생의 조건이었을 뿐, 체제의 결함이나 지도자의 책임 같은 범위로까지 확대하여 해석하는 경우는 그리 많지 않았다. 하지만 그건 처벌의 두려움 때문만은 아니었다. 정보 자체가 제한되어 있었으므로 다른 국가와 비교하며 자국의 문제를 성찰할 수 있는 기회가 적었을 뿐 아니라, 무엇보다 눈앞의 먹고사는 문제가 너무 컸기에 그런 식의 해석에 관심을 가질 여유가 없었던 것이다. 로가 살던 세선리에도 가난의 풍경은 그대로 재현되어 있었다. 마을 부근의 산속 나무들은 껍질이 벗겨진 채 비루하게 서 있거나 그나마도 연료용으로 잘려나가기 바빴고, 먹을 수 있는 풀은 자라기가 무섭게 뽑혀갔다. 집안의 생필품을 장마당에 내놓고 하염없이 손님을 기다리는 사람들도 흔하게 찾아볼 수 있었다. 하지만 거리로 뛰쳐나와 반국가적인 구호를 외치거나 선동적인 행동을 하는 사람은 없었다. 사람들은 그저, 차질 없이 적당한 양의 배급을 받았고 학교에는 늘 학용품이 마련되어 있었으며 명절에는 새 옷도 입을 수 있었던 오래전의 소박한 풍요가 어서 빨리 다시 오기만 숨죽여 기다렸을 뿐이다. 로가 그날 거리의 시위대를 건너다보며 괴로워했다면 그것은 오로지 그 기다림의 시간을 그 누구도 책임지지 않았다는 것에서 발견한 뒤늦은 분노 때문이었을 것이다. 어머니와 함께 강을 건너 중국으로 간 것도, 중국에서 공안의 눈을 피해 골방에만 갇혀 있다시피 살았던 것이나 어머니를 잃고 그 돈으로 이름도 몰랐던 벨기에라는 나라에 오게 된 것 역시, 그 모든 것이 아무도 책임지지 않았던 그 기다림의 시간 때문일 거라는 차가운 분노. 살기 위하여 살아왔을 뿐인데 고향을 떠나온 순간부터 쫓기고 숨어야 하는 범법자가 되어야 했고 때로는 한 인간으로서 지키고 싶었던 것까지 송두리째 잃어야 했던 그 불가해한 시간들을 로는 입술을 깨물며 돌아볼 수밖에 없었을 것이다. 기다림의 고통스러운 시간이 모이고 모여 많은 이들의 희생으로 이어질 때까지 체제 안의 사람들도, 바깥의 구경꾼들도 똑같이 침묵했다. 이제 더이상 그리운 마음 하나만으로 고향을 추억하는 달콤한 시간은 자기 삶에 없을 것임을 로는 깨달았다.

　로는 다시 걸었다.

　스무살의 이방인 로가 이 도시에서 할 수 있는 건 그것 외엔 없었다. 3년 전의 12월 11일. 그날도 오늘처럼 비와 눈이 번갈아 내리는 추운 날씨였을까.

*

　“낙태와 안락사에 반대하는 사람들이오. 천주교 신도들이겠군.”

　오늘 남역 앞에는 몇몇 사람들이 테이블 앞에 서서 기타를 치며 노래를 부르고 있다. 피케팅을 하는 사람들과 행인들에게 전단지를 나눠주며 낙태 및 안락사 반대에 대한 동의서를 받는 사람들도 뒤섞여 있다. 박이 먼저 걸음을 멈춘다. 나 역시 그의 곁에 서서 묵묵히 그들의 피켓을 건너다본다. 무의미한 짓을 하고 있군. 박이 혼잣말하듯 낮은 목소리로 속삭이는 것을 나는 놓치지 않고 듣는다.

　“낙태나 안락사를 반대하지 않으세요? 천주교 신자시라고 들었는데.”

　“기자가 얘기해줬소?”

　“네, 얼핏.”

　“낙태는 모르겠군. 경험해보지 않아서.”

　“낙태든 안락사든 반대할 수밖에 없는 이유가 있는 거겠죠.”

　“안락사에 대해 뭘 알고 하는 얘기요?”

　“네?”

갑작스러운 박의 공격적인 말투에 나는 흠칫 놀란다. 게다가 유독 안락사에 대해서만 예민한 그의 태도가 어떤 맥락에서 형성된 것인지 나에겐 아무런 정보가 없었다.

"말이 나왔으니 한번 물어봅시다. 그래, 김작가는 안락사에 대해서 어떻게 생각합니까?"

"글쎄요……"

말문이 막힌다. 벨기에가 스위스나 네덜란드처럼 안락사를 법으로 보장하고 있다는 얘기는 들은 적이 있다. 그러나 풍문으로만 들어온 안락사는 내 인생과는 관계 맺을 일이 없는 제도적이고 추상적인 차원의 일일 뿐이었으므로, 나는 단 한번도 그 문제를 심각하게 고민해보지 않았다.

"1년 전이었던가, 우연히 한국 뉴스를 봤는데 식물인간이 된 환자의 인공호흡기 제거 문제 때문에 온 나라가 떠들썩했더군요. 저 사람들이 반대하는 건 그런 존엄사가 아니오. 타인의 도움으로, 그러니까 의사에게 처방받은 약물을 투여해 죽음을 앞당기는 조력 안락사에 반대하는 겁니다."

"경험해보신 일인가봐요?"

"경험?"

되물으며, 박은 날카로운 눈빛으로 나를 건너다본다.

그가 무척 예민해져 있다는 걸 느낄 수 있다. 어쩐지 내가 함부로 발을 들여놓아서는 안 되는, 타인의 비밀스럽고도 허약한 영역으로 나도 모르게 들어와버린 기분이 든다.

잠시 후 박이 다시 말한다.

"그런 환자가 있긴 했어요. 프랑스에서 의사생활을 하던 때였는데, 스물네살의 건장한 청년이 교통사고로 목 아래가 다 마비된 상태로 들어왔어. 혼수상태에서 깨어나 자신의 절망적인 상황을 인지하더니 곧바로 약을 찾더군. 안 된다 했소. 프랑스만 해도 안락사는 엄연한 위법이었고, 게다가 전신마비란 게 환자에게는 참담한 일이겠지만 안락사의 조건인 생명에 치명적인 병이라고는 할 수 없었으니까. 잊고 있었던 그 환자를 3년 후 신문에서 다시 봤소. 승용차에 불을 내서 죽었더군. 물론 자살이었소. 한데 화재 당시 그 환자 몸무게가 45킬로그램이었어. 키가 180센티미터가 넘는 장정이었는데 말이오. 그때 내 안에서 뭔가 쾅, 하고 무너졌지. 나는 그 환자에게서 약물로 편히 죽을 수 있는 기회를 박탈한 대신 3년 동안의 엄청난 스트레스와 죽음 직전까지 이어졌을 극한의 고통을 제공한 셈이오. 그때 처음으로 의사라는 직업에 대해 회의를 느꼈던 것 같아."

"……"

"또다른 환자 한명도 기억에 남지. 5년 전이었는데, 간암 말기 환자가 한명 있었단 말이오. 우리 의사들은 간을 침묵의 장기라고 하지요. 장기 중에서 가장 큰 녀석인데도 웬만큼 악화될 때까지는 엄살을 부리지 않으니 이상이 왔다 싶으면 이미 가망이 없는 거요. 나는 누구보다 그 환자를 잘 알았어요. 깨끗하게 죽고 싶다고 했지. 그 간절한 소망을 누구보다 잘 알았다 이거요. 그래, 내가 그 환자를 보내줬어요. 아무도 모르게. 그러고 나서 바로 의사생활을 집어치웠지만 후회하지는 않소."

박은 지금, 내가 그를 만난 이후 가장 많이 말을 하고 있는 중이다. 그러나 내가 단번에 이해하고 받아들일 수 있는 이야기는 아니었다. 나는 큰 관심은 없다는 듯, 덤덤한 말투로 그에게 다시 묻는다.

"아무도 모르게, 그게 가능한가요?"

"가능하게 내가 만들었소."

문득 뒷머리가 선뜩해지는 것 같아 나는 부러 눈을 크게 뜬다. 눈은 그새 멈췄고 길은 녹은 눈으로 질척질척하다. 그저 녹은 눈일 뿐인데도 이 질척거림이 불쾌해진다. 박이라는 사람의 옆모습을 해석할 수가 없다. 이 사람은 누구인가. 나는 지금 어떤 사람과 이야기를 하고 있는 것일까. 아무도 모르게. 박이 했던 말을 속으로 되뇌어본다. 그렇다면 그의 행위는 살인과 어떤 지점에서 다르단 말인가.

"이제 어디로 가고 싶소?"

박은 나를 보지 않고 묻고 있다. 지친 목소리다. 어차피 목적지가 정해진 산책이 아니었다. 나는 대답을 못하고 그저 멀뚱히 그의 옆모습만 쳐다볼 뿐이다.

"괜찮다면, 나는 이만 돌아가고 싶군요."

말한 후, 박은 안경을 벗어 양쪽 눈머리를 오른손 엄지와 검지로 꾹꾹 누른다. 피곤해. 진정 피곤이 느껴지는 목소리로 중얼거리기도 하면서. 나는 박에게 지하철 타는 곳까지 배웅해주겠다고 했지만 박은 정중히 거절한다. 로기완에 대해 또 묻고 싶은 것이 있으면 언제든 연락을 달라는 말을 남기고 그는 황급히 돌아서서 남역 쪽으로 걸어간다. 박은 정말 모르는 걸까. 오늘 우리는 로기완에 대해서는 한마디의 말도 나누지 않았다. 나는 박에게 로기완에 대해 물을 것이 있다는 말로 만나자는 제안을 하지도 않았다.

박이 돌아간 후 나는 혼자 남아 남역 근처를 좀더 걷는다. 브뤼셀 남역은 소매치기와 걸인이 많기로 악명이 높다. 그래서인지 남역 근처에는 낡아챈 가방을 탐색하는 젊은 남자들과 동전을 구걸하는 집시들이 자주 눈에 들어온다. 슬랭이 분명한 언어로 암호 같은 이야기를 주고받으며 웃고 있는 십대 아이들, 이어폰을 귀에 꽂은 채 허공을 노려보며 무언가를 중얼거리는 흑인 남자, 알코올중독으로 의심되는 눈이 새빨간 젊은 백인 여자, 어딘가에서 돌멩이나 총알이 날아올지도 모른다는 듯 불안한 시선으로 끊임없이 주위를 두리번거리며 횡단보도를 건너가는 아랍계 청년들. 이제 나는 어디로 가야 하는 것일까. 판단이 서지 않는다. 다음 일정은 주 벨기에 한국 대사관이다. 이 길로 들어선 이상, 나는 그곳으로 가야 한다. 머리는 알고 있는데 마음은 주저하고 있다. 로처럼 그곳으로 가는 일정을 최대한 미루고 있다는 생각에 이상한 안도감이 찾아오긴 한다. 어쩌면 나는 옳은 방향으로 가고 있는지도 모른다는 안도감. 이 안도감의 정체는 내가 단순히 로가 다녔던 곳을 따라 걷고 있는 것이 아니라 그의 고독과 불안까지도 내 것으로 끌어안은 채 이 도시를 부유하고 있다는 일체감에서 형성된 것이리라.

박의 아파트로 가기 위해 발걸음을 돌린다. 주 벨기에 한국 대사관의 정확한 위치를 알아놓아야 했다.

2010년 12월 14일 화요일

　내가 상상할 수 있는 범위 안에서 가장 쓸쓸한 장면 중
하나.
　스무명의 동양인들이 독일 베를린 공항에 모여 있다.
그들은 열여덟명의 중국인, 한명의 탈북인, 그리고 그들
을 인솔한 조선족 브로커 한명으로 구성되어 있다. 옷차
림은 하나같이 남루하고 표정은 없으며 노동의 흔적이 역
력한 거친 손으로 큰 가방을 들고 있는 그들. 그들은 지금
막 중국 칭다오 공항에서 출발하여 홍콩을 경유해 독일
베를린에 도착한 보잉 747기에서 내렸다. 가슴을 졸이며,
금세라도 옷을 뚫고 튀어나올 것처럼 미친 듯이 박동소리
를 내는 심장을 가까스로 숨긴 채 그들은 오직 눈으로만
신호를 주고받으면서 베를린 공항의 입국심사대를 무사
히 지나왔다. 모험의 첫번째 관문이 그들의 등 뒤에서 스

르르 닫히고 있었다.

입국 게이트를 나온 그들은 두번째 관문을 지나가기 위해 침착하게 이별을 준비한다. 두번째 관문부터는 함께 위험을 헤쳐나갈 수가 없다는 걸 모두 알고 있기 때문이다. 그들의 머릿속에는 각기 다른 여러 나라의 이름들이 새겨져 있다. 독일, 영국, 프랑스, 네덜란드, 스웨덴, 노르웨이…… 국적 없는 자, 국적 포기를 희망하는 자, 이전 국적에서 희망을 찾을 수 없었던 자들이 이 나라들을 선택한 기준은 무엇이었을까. 대체 어떤 단서를 통해 이들은 남은 인생을 좌우할 그 거대한 선택을 하게 된 것일까. 혹시 세상에서 가장 고적하고 가장 은밀한 어딘가에 둘러앉아 돌아가면서 주사위를 던져보기라도 한 것일까.

일생일대의 선택 이후의 이별은 과묵하고 쓸쓸하다. 조선족 브로커는 일행을 모아놓고 출국 전에 나눠준 한국 국적의 위조여권을 수거한 뒤 중국 여권을 돌려준다. 브로커와 중국인들이 주위를 살피며 능숙하게 여권을 교환하는 동안, 처음부터 여권이 없었던 로만이 아무것도 돌려받지 못한 채 가방의 손잡이만 만지작거린다. 여권 교환이 끝나자 중국인들은 잠시 서로의 어깨를 다독여주거나 진지하지 않은 포옹을 한 후 하나둘 황급히 등을 돌려

공항 밖으로 휘적휘적 걸어간다. 그들이 가는 길이 정착과 추방이라는 두개의 갈림길 중 어디로 이어질지는 아무도 알지 못했지만, 그들 중 누구도 뒤를 돌아보지는 않았다. 합법적인 비자가 부착되지 않은 외투 안쪽 주머니 속 고국의 여권과 겨우 며칠 정도의 숙식을 해결해줄 현금, 그리고 브로커가 끊어준 기차나 버스 티켓 등이 보장해줄 수 있는 것은 아무것도 없으며 설혹 있다 해도 한시적일 뿐이라는 사실을 그들은 애써 모른 척했다. 남은 사람은 일행 중 유일하게 북조선 사람인 로뿐이었다.

로는 몇 발자국 떨어진 곳에서 어수선하게 헤어지는 중국인들을 쳐다만 보고 있었다. 중국을 떠나오기 전 로 역시 마음속으로 목적지를 정해놓긴 했으나 그곳은 최선을 몰랐기에 얼떨결에 집어든 차선에 불과했다. 그때까지 로에겐 독일, 영국, 프랑스, 네덜란드, 스웨덴, 노르웨이, 그리고 그외 유럽의 여러 국가 이름들이 구분조차 잘 되지 않았다. 그 나라들의 정확한 위치도 알지 못했고 그 어느 곳에도 친척이나 친척의 친척도 살지 않았다. 중국인들이 가는 곳이 어디인지, 그들이 믿고 있는 한가닥의 희망이 무엇인지 로는 궁금했다. 누구라도 돌아서서 손을 내밀며 같이 가자 했다면 그 사람이 누구든 그곳이 어디든 로는 한순간의 망설임도 없이 가방을 챙겨 따라나섰을 것이다. 로는 일행이 흩어진 지점에서 멀리 가지 못한 채 겁먹은 얼굴로 초조하게 주변을 두리번거린다. 베를린 공항은 대부분의 공항이 그러하듯 떠나는 사람들과 돌아오는 사람들로 북적이고 있었다. 로는 떠날 곳을 알지 못했고 되돌아갈 곳도 상실한 상태였다.

— 벨기에로 가시오.

어느새 다시 나타난 브로커가 낮은 목소리로 말한다. 보통 때처럼 일행을 떠나보내자마자 예약해놓은 호텔에서 휴식을 취한 뒤 다음 날 홀가분하게 중국행 비행기를 타려 했던 브로커는 무슨 생각에선지 걸음을 돌려 로에게 다가가 그렇게 말했다. 브로커에겐 처음 있는 일일 터였다. 벨기에? 로가 그렇게 되묻자 브로커는 벨기에는 작은 나라지만 국제조직이 많이 들어와 있어서 사람을 함부로 잡아가진 않을 거라고, 또한 복지가 잘되어 있는 국가이기 때문에 난민 신청도 수월할 거라고 일러준다. 벨기에는 로가 염두에 두고 있던 목적지와는 달랐지만 브로커의 말을 들은 로는 절박하게 고개를 끄덕인다. 브로커는 바로 그 자리에서 여행책자를 꺼내 주 벨기에 한국 대사관의 주소를 적어준다. 브로커가 적어내려가는 메모를 뚫어지게 들여다보는 로의 표정은 더없이 진지했을 것이다. 브로커는 버스로 국경을 넘을 때에는 여권 검사를 하지 않는 경우가 많다며 공항 근처의 유로라인 사무실에서 브뤼셀행 버스 티켓도 끊어준다. 브뤼셀이 벨기에의 수도라는 것과 벨기에에서는 프랑스어와 네덜란드어를 주로 사용한다는 것 역시 브로커는 찬찬히 설명주어야 했을 것이다. 로가 몇번이나 감사의 뜻으로 허리를 굽혀 인사를 하자 브로커는 덤덤하게 말한다.

— 살아남으시오.

브로커는 이어 말한다.

— 살아남으면 언젠가는 보지 않겠소.

그 말을 들은 순간 로는 다시 정신을 차렸다. 살아남는 것, 그것은 연길을 떠나올 때 이미 로에게 각인된 삶의 유일한 이유였고 어머니의 말없는 유언이었다. 현지에 도착하면 유용하게 쓰일 거라며 동전 몇개도 챙겨준 브로커는 잠시 뜸을 들인 후 가방에서 여권 하나를 꺼내 로의 손에 쥐여준다. 좀전에 자신이 수거해갔던, 남한 국적으로 되어 있는 로의 여권이었다.

— 가짜라도 필요할 때가 있을 거요.

그 순간 브로커를 마주 보는 로의 눈가는 붉었을 것이

다. 브로커는 힘이 들어간 손으로 로의 어깨를 한번 잡아주었고, 로가 주 벨기에 한국 대사관의 주소가 적힌 종이를 안주머니에 챙기다가 문득 주위를 살폈을 땐 이미 인파 속으로 사라지고 없었다.

브로커마저 떠난 후 로는 버스를 타러 가는 대신 공항 앞에서 오랜 시간 서 있었다. 그 시간 동안 로는 전 우주에서 혼자 깨어나 눈 뜨고 있는 자였다. 브로커가 끊어준 버스 티켓을 보고 또 보았지만 티켓 어디에도 정착이나 추방을 암시하는 표시는 없었다. 살아남는 것, 그것은 로의 노력과는 상관없는 일일 터였다. 로는 추위를 피할 생각도 하지 못한 채 우두커니 서서 시차 때문에 자꾸만 감기려는 두 눈을 아프게, 여러번, 수도 없이 비비고 또 비볐다. 벨, 기, 에. 브, 뤼, 셀. 벨, 기, 에. 브, 뤼, 셀…… 절대 잊지 않겠다는 듯 자신이 곧 가게 될 나라와 그 나라의 수도 이름을 끊임없이 입안에서 발음하면서. 벨기에의 위치나 크기, 역사나 종교 같은 것에 대해선 거의 아무런 정보도 갖지 못한 채. 어느 순간 로는 내려놓은 가방을 챙기고 운동화 끈을 다시 단단히 맨다. 두번째 관문이 시작되는 곳, 브뤼셀행 유로라인 버스가 출발하는 곳을 찾아가야 했다.

그런데 로의 어깨를 잡아주던 브로커의 그 손은 따뜻

했을까. 로에게 순간적인 위로라도 주긴 했을까. 그러나 더이상은 이야기를 만들 수 없다. 내가 상상할 수 있는 범위는 여기까지다.

2010년 12월 15일 수요일

Chaussée de la Hulpe 173-175, 1170 Brussels, Belgium.
전화 : (32-2) 675-5777
루이즈 지하철역에서 헤르만-드브루 방향으로 가는
94번 전차를 타고 콕시넬 역에서 내릴 것. 전차로 총 열여
섯 정거장. 루이즈 역에서는 30분 정도 소요.

조선족 브로커는 이렇게 적어주었을까. 어쩌면 그 종이
에는 한글 대신 알파벳으로만 지명이 적혀 있었을 수도
있고, 전화번호는 생략되었을 수도 있다. 알파벳을 완벽
하게 학습하지 못한 로를 조선족 브로커가 어디까지 배려
해주었는지는 알 수 없다. 브로커가 메모지로 사용한 종
이가 담뱃갑이었는지, 아니면 어떤 티켓의 뒷면이었는지
나는 그것도 알지 못한다. 로가 방수포로 싼 현금만큼 소

중하게 품고 다녔을 그 메모지는 지금 내 수중에 없다. 내가 로의 일기에서 확인한 것은 '내일은 대사관에 가야 한다'라는 문장이 몇번이나 반복된다는 것, 그것뿐이다.

크리스마스가 다가오면서 거리는 더더욱 화려하게 변해갔을 것이고 호스텔을 찾아오는 각국의 여행객들도 들뜬 마음을 감추지 못했을 것이다. 마지막 보루를 남겨놓고 로는 산책과 메모, 돈을 세는 것과 브뤼셀 거리의 이름을 적는 것, 그리고 어머니를 향한 죄의식을 다스리는 것 사이에서 열흘을 소모했다. 한국 대사관이 자신을 도와줄 거라는 희망과 그곳에서 어떤 도움도 받을 수 없을 거라는 비관적 전망이 겹쳐 있던 때였다. 그러므로 로는 그 열흘 동안 희망을 키우는 법과 바닥까지 절망하는 법을 동시에 연습해야 했다. 희망은 하나여서 절박했고 절망은 그후를 약속해주지 않아서 두려웠다. 모자를 눌러쓰고 94번 전차에 몸을 실은 로는 창밖으로 브뤼셀의 풍경을 흘려보내며 시종일관 무거운 표정을 짓고 있었을 것이다.

루이즈 역을 나오자 전차 정류장에 벌써 94번 전차가 도착해 있다. 나는 전속력으로 달려가 간신히 전차에 오른다. 전차가 조금씩 중심가를 벗어나면서 좀 전까지 현란하게 펼쳐졌던 자본주의 도시의 풍경은 더이상 나를 따라오지 않는다. 대신 낮은 주택과 용도를 알 수 없는 허름한 건물들, 스프레이 낙서로 얼룩진 담벼락들, 인적이 거의 느껴지지 않는 공원들이 줄지어 나타난다. 전차가 한국 대사관이 있는 콕시넬 역에 도착할 즈음, 날은 어두워진다.

로의 불운은 어디로도 도망가지 않은 채 예정된 지점에서 침착하게 그를 기다리고 있었다.

대사관 직원은 로가 북한에서 온 증거가 없기 때문에 난민 신청을 도울 수 없다는 사무적인 말을 들려주었다. 틈날 때마다 좌절하는 법을 연습해왔지만 로는 그 냉정한 말 앞에서 순간적으로 당황할 수밖에 없었다. 로의 어머니는 강을 건너기 전 자신과 아들의 신분증을 모두 버렸다. 국가에서 발급하는 공민증과 출생증, 로의 학교 입학증 같은 것. 저버린 나라의 신분증이 또다시 필요할 날이 오리라곤 예상하지 못했고 게다가 공안에게 걸려 수색이라도 받게 되면 한낱 무용지물이 되어버린 그 서류들이 신변을 위협할 수도 있었으므로 그때의 그녀에겐 그것이 자연스러운 선택이었을 것이다. 로는 절박하게, 온힘을 다해 열심히 그런 사정을 설명했지만 직원들은 로의 말을 뻔한 거짓말로 치부했다. 북한 사투리에 능통한 조선족이 북한 국적을 가장하여 한국 대사관이나 벨기에 내무부에 접촉하는 일은 흔했다. 난민 지위 신청만 접수되어도 임시 거처와 무료로 언어를 배울 수 있는 기회가 제공되며 운이 좋아 난민 지위까지 얻게 되면 최저생계비가 보장되는데다가 직업도 알선해준다는 걸 잘 알고 있었기 때문이다.

물론 대사관 직원들이 로를 외면한 것은 로가 조선족일 수도 있다는 가능성 때문만은 아니었을 것이다. 그러니까 로가 진짜 북한 사람이라는 것이 증명되었다 하더라도 대사관 직원들은 엄밀히 말해 자국민이라 할 수 없는 탈북인의 정착 문제를 끌어안고 싶지 않았을 것이다. 로는 돌아서야 한다는 걸 알면서도 돌아서지 못했다. 두 명의 남자들이 나타나 로를 밖으로 내몰았다. 직원들은 다시 책상에 앉아 자기 앞의 일에 몰두했으며 아무도 멀어지는 로를 안타깝게 지켜봐주지 않았다. 쫓겨난 로는 대사관 앞에서 한참을 서 있었다. 목숨을 담보로 국경을 넘었고 세상에서 가장 소중한 사람을 잃었으며 오로지 살아남기 위해서 또다시 이 낯선 나라로 흘러들어온 그간의 여정이 아무것도 아니었다는 것을 받아들여야 하는 얼음처럼 차가운 시간. 로는 대사관 계단 끝에서 아주 잠깐 비틀거렸다.

퇴근시간이 지났는지 대사관 문은 닫혀 있었다. 문이 열려 있어서 운 좋게 그 당시 로를 상대했던 대사관 직원들을 만나게 된다 하더라도 내가 따질 수 있는 건 없다. '대체 무슨 관계인데 이럽니까?'라고 미지의 그 직원들이 묻는다면 나에겐 대답할 말이 없다. '그의 일기를 읽으면서 그 삶을 배워가고 있는 사람입니다' 정도가 나 자신을 설명할 수 있는 문장이겠지만 이 밑도 끝도 없는 문장을 깊이있게 헤아려줄 사람은 없을 것이다. 사무적인 관점에서 본다면 로와 나 사이엔 논리적인 이해와 합리적인 공감을 이끌어낼 만한 단서가 단 하나도 없는 것이다.

로는 조금 걷다가 멈춰 섰고 다시 걷다가 주저앉았다. 수없이 불운을 짐작해온 자의 어깨는 끊임없이 나를 슬프게 했다. 그러나 그 슬픔은 가능성으로만 존재하던 가상의 슬픔이었기에 마음의 밑바닥에까지 닿지는 않았었다. 그 짐작이 현실이 되었을 때 좌절할 수밖에 없는 사람의 뒷모습은 어느새 구체적인 슬픔으로 바뀌어 내 가슴에 얹어진다. 힘겹게 몸을 일으킨 로가 다급하게 어딘가로 휘적휘적 걸어가고 있다. 나는 똑바른 걸음으로는 그를 쫓아갈 수가 없다. 내 발걸음은 자꾸만 휘청거린다.

인적 드문 골목으로 들어섰을 때에야 로는 어느 담벼락에 몸을 기댄 채 허리를 앞으로 깊이 숙여 끄억끄억 울었다.

나는 지금 골목 끝에 서서 눈물을 흘리는 것이 아니라 토해내는 한 사람의 자세를 힘없이, 그러나 실은 온몸에 힘을 주어 뚫어지게 바라보고 있다.

윤주도 그때 혼자 울고 있었다.

나는 병실 문을 열지 못하고 윤주가 눈물을 그칠 때까지 기다리고만 있었다. 어떤 사람에겐 위로도 뜻대로 해줄 수 없다. 그 위로의 순간에 묵묵히 소비되는 자신의 값싼 동정을 견딜 수 없기 때문이다. 그 무엇으로도 치환되지 못한 감정은 이렇게 때때로 단 한번도 조우한 적 없는 타인의 삶에서 재현되기도 한다.

기다리고 또 기다렸지만 윤주는 좀처럼 눈물을 그치지 않았다. 내가 병실 밖에 서 있는 걸 알지 못했기 때문에 윤주는 울 수 있었을 것이다. 윤주는 내 앞에서 운 적이 없다. 악성 종양이라는 판정을 받기 전이나 그후나 내 앞에서 눈물을 보이지 않았다. 그것이 그애가 터득한 삶의 방식이라는 것을 나는 안다. 그애는 타인 앞에서 눈물을 흘리는 건 그 사람에게 불필요한 부담감을 주는 것이라고 생각했을 것이다. 처음부터 윤주에게 남다른 관심이 갔던 것도, 그애가 자주 나 자신처럼 여겨졌던 것도, 어쩌면 그 애의 그런 무모할 정도의 인내와 자신에 대한 냉정한 태도 때문이었는지도 모르겠다. 나 역시 사춘기 이후로 사람들 앞에서 울어본 적이 없다. 재이 앞에서도 예외는 아니었다. 프랑스의 한 철학자는 사랑하는 사람 앞에서 운다는 건 자신의 고통이 환상이 아니라는 것을 스스로에게 증명하는 행위라고 쓴 바 있다. 그 철학자의 명제를 사랑뿐 아니라 관계 전체의 차원으로 확장한다면, 나는 내 고통이 환상이라는 것을 알고 있었기 때문에 사람들에게 눈물을 보이지 않았던 것인지도 모르겠다. 눈물을 흘리는 순간 내가 취하게 될 자세와 그 자세에 맞게 조율될 마음까지도 충분히 예측할 수 있었으므로 나 자신의 슬픔에까지 진심이라는 잣대를 들이밀어 어리석은 검열을 했던 것이리라. 진심, 진짜, 진실. 어쩌면 세상에 없을지도 모르는 그것들을 지키기 위해 나는, 그리고 윤주나 재이 역시 너무 많은 것들을 잃어버린 건 아닐까.

로가 한참을 기대어 울다 간 그 담벼락의 구체적인 위치를 사실 나는 알지 못한다. 비틀거리는 걸음으로 오래오래 걸었지만 로의 환영은 손끝에 닿지 않는다. 어느 순간 힘이 빠지면서 나는 스르르 주저앉는다. 이쯤에서 나도 그만 울고 싶다는 생각뿐이다. 가족이나 동료들이 동참할 수 없는 이 낯선 곳에서 이방인의 가면을 뒤집어쓴 채, 그 누구의 따뜻한 위로도 받지 못한 모습으로 오랫동안, 내 마음의 밑바닥을 가만히 들여다보고 싶다.

*

로에게 대사관이 그랬던 것처럼 나에게는 윤주가 희망과 절망이 결합된 대상이었다. 그러나 나는 그애에게 내가 걸었던 희망은 무엇이고 예감했던 절망은 무엇인지 정확하게 이분할 수가 없다. 그애가 뒤늦게라도 나를 용서해줄 거라는 믿음과 끝까지 나를 용서하지 않을 거라는 예감이 각각 어떻게 희망과 절망으로 연결되는 건지, 용서받음으로써 가벼워지고 싶다는 마음과 그렇게 쉽게 용서받아서는 안 된다는 엄정한 마음 중 무엇을 더 절실하게 필요로 했던 것인지, 생각하면 할수록 해답을 알 수 없다.

나는 출국 날짜가 되어서야 윤주의 휴대폰으로 전화를 걸었다.

그애가 내 전화를 받을 줄은 몰랐다.

심지어 윤주는 지금 어디에 있느냐고 먼저 물어오기까지 했다. 아마도 재이는 윤주에게 일을 그만두고 한국을 잠시 떠나게 된 내 정황을 미리 일러줬으리라. 내 여행의 목적지라면 윤주도 이미 알고 있을 터였지만 나는 브뤼셀 얘기를 조금 했고, 곧 공항으로 가야 하지만 저녁 비행기여서 여유는 있다고 떠들어댔다. 병원 출입문 쪽으로 휠체어를 끌고 가던 윤주는 어느 순간 보일 듯 말 듯 인상을 썼다. 항암치료가 시작되면서 윤주가 가끔씩 이용하던 그 휠체어는 내겐 의료용 보조기구가 아니라 육체를 가두고 고문하는 형구처럼 보였다. 2층 난간에 서서 자기 몫의 형구를 끌고 가는 1층 로비의 그애를 내려다보며 나는 덤덤히 물었다. 좀, 만날까? 순간적으로 윤주는 평정심을 잃은 듯 휠체어를 미는 손길을 멈췄다. 만나주지 않을래? 용기를 내어 한번 더 물었다. 거짓말을 할 때, 그애는 늘 한 박자 쉬었다. 지금 바빠서요. 한 박자 후에 그애는 대답했다. 그래, 그런 줄 알았어. 한 손을 가슴에 올려놓으며 나 역시 한 박자 늦게 말했다. 더이상 할 말이 없었는데도 우리는 둘 다 전화를 끊겠다는 말만은 하지 못했다.

　―근데, 언제 오는지 물어봐도 돼요?

　화제를 돌리고 싶었는지 윤주가 조심스럽게 물어왔다.

나는 언제 돌아올지는 결정하지 못한 상태라고, 이번
엔 세 박자 정도 쉰 후 대답했다. 곧 수술인데 지켜봐주지
못하게 돼서 미안하다는 말은 차마 할 수 없었다. 또 한번
우리 모두가 원하지 않는 수술결과를 듣게 된다면 나를
지탱해주던 그 두개의 마음조차 잃을 것 같다는 말도 나
는 안으로 삼켰다. 수술결과에 대한 두려움 때문에 도망
가려 한다는 고백은 당사자인 윤주에게는 보여서는 안 될
잔인한 연약함이란 걸 모른다 할 수는 없었으므로. 짧은
침묵 후에, 글을 쓰는 데 좋은 경험이 될 거라고 윤주가
덤덤히 말했다. 여행을 떠나는 전직 방송작가에게라면 누
구나 해줄 수 있는 평범한 덕담이었다. 돌아오면 만나자
거나 연락하라는 말보다 단조롭고 무미한, 체온 없는 말.

누가 먼저 안녕,이라는 인사를 했는지는 기억나지 않는
다. 안녕, 하고 나자 자연스럽게 전화는 끊겼다.

내가 기대했던 것은 대체 뭐였던가.

병원을 나와 공항으로 갈 때까지 나는 스스로에게 묻
고 또 물었다. 공항에 도착하여 보딩 시간을 기다리는 동
안에도 끊임없이 이어진 그 질문은 지금까지도 내 안에
남아 나를 괴롭힌다.

용서하지 않으면 되잖아.

과거의 사랑을 고백한 후 어색해하는 내게 재이는 그렇게 조언한 적이 있다. 우리가 자주 가던 광화문의 정종집에서였다. 뭐? 되물었을 때 그는 다시 말했다. 용서하지 말고 계속해서 미워하라고. 지극히 인간적으로, 이가 갈릴 만큼. 그 감정이 그 작자가 너한테 준 마지막 선물인 거야. 뜨거운 정종을 후후 불어가며 마시다가 나는 재이를 흘겨보면서 조금 웃었다. 대상을 바꾸어 나는 그 조언을 다시 한번 받아들여야 할 것이다. 물론 그 대상은 윤주에게 뒷모습을 보이며 병원을 빠져나온 그날의 나 자신이다. 내가 나 스스로에게 요구해야 하는 정당한 감정인 것이다. 계단을 통해 2층에서 1층 로비로 내려오면서 나는 윤주가 나를 발견했다는 걸 직감으로 알아차렸다. 윤주 쪽을 돌아보지는 않았다. 나는 다만 빠른 걸음으로 로비를 가로질러가 있는 힘껏 유리문을 밀고는 겨울의 햇살이 쏟아지는 한낮의 거리로 뛰쳐나갔을 뿐이다.

그러니 나는 고쳐 생각해야 한다.

윤주에게 내가 걸었던 희망은 윤주의 용서할 수 없는 마음이었다는 것, 그래서 나 역시 그애의 그 미워하는 마음만큼 서운해하며 동시에 죄책감에서 벗어나고 싶어했다는 그 진실을 외면해서는 안 된다. 그 진실마저 외면하

는 순간, 내 남은 생애는 이가 갈릴 만큼, 지극히 인간적으
로 영원히, 언제까지고 영원히, 스스로를 미워하고 또 미
워해야 하는 나날뿐일 테니까.

2010년 12월 16일 목요일

'굿 슬립'의 청바지 여직원은 일주일 만에 다시 찾아온 나를 기억한다. 그럴 만했다. 부러 방 번호까지 지정해서 까다롭게 예약을 해놓고는 숙박도 하지 않고 환불도 요청하지 않은 채 체크아웃을 해버린 손님이 그리 흔하진 않을 테니. 직원은 처음 봤을 때처럼 질겅질겅 껌을 씹으며 오늘도 308호를 원하느냐고 묻는다.

"아뇨, 이번엔 도미토리룸으로 예약하고 싶어요. 얼마죠?"

16유로다. 3년 새 가격이 오르지 않았다면 말이다.

"18유로예요."

나는 지갑을 꺼내 3년 전보다 2유로 오른 값으로 도미토리룸을 예약한다. 직원은 오늘도 오후 3시 이후에나 방을 사용할 수 있다고 건조한 말투로 말한다.

그대로 호스텔을 나온다. 정오쯤이다. 누브 거리 24번지의 그 맥도널드로 들어가 커피 한잔을 시킨 후, 창가 자리에 앉아 설탕 두봉지를 커피에 쏟아붓는다. 가능하다면 내일 아침까지 굶을 생각이었다. 허기진 시간을 대비하는 데 설탕만큼 좋은 것은 없을 것이다. 나는 평소의 커피 취향과 다른 다디단 커피를 조금씩 아껴 마시며 창밖을 바라본다.

주 벨기에 한국 대사관에서 희망을 버리고 온 로는 그날부터 도미토리룸으로 짐을 옮겼다. 방수포 안의 현금은 118유로 52센트뿐이었다. 아무 데도 가지 않고 아무것도 먹지 않은 채 도미토리룸에서 고치처럼 잠만 잔다 해도 일주일을 넘길 수 없다는 계산이 나온다. 살아남으려면 일을 찾아야 했다. 정식 신분증도, 프랑스어나 영어를 구사할 능력도 없는 사람은 작은 공장이나 식료품점에서조차 일자리를 구할 수 없다는 걸 알았으면서도 로는 기대를 했고, 기대와 동시에 포기했다. 연길의 골방에서처럼 로는 자신의 힘으로 돈을 벌어 쓰는 꿈을 품어서도 안 된다는 걸 잘 알고 있었다.

이 도시에 처음 왔을 때 목격한 바이올린 연주자와 그 후로도 역 주변이나 지하도에서 수시로 마주친 걸인들이 이즈음부터 로의 상념 속을 자주 드나든다. 로는 그들을 떠올리며 거리에 주저앉아 행인들에게 돈을 구걸하는 자신의 모습을 상상했다. 그것은 조금은 의무적인 상상이었을 것이다. 대책 없는 슬픔과 병적인 불안감을 차근차근 제거한 다음 로는 현실적이고도 구체적인 구걸의 방식을 고민하기도 했다. 가방 안 어딘가에는 하모니카가 들어 있었다. 로는 세선 인민학교에 다닐 때 하모니카를 배웠다. 날숨과 들숨으로 변주되는 선율에 맞춰 절대적인 한 사람을 찬양했고 그의 건강과 장수를 기원했다. 인민학교는 4년 과정이었지만 로는 세선 인민학교를 3학년까지만 다녔다. 학교를 그만 다니게 된 건 오로지 외부적인 상황 때문이었다.

로가 인민학교에 들어가고 이듬해 북한에는 큰 홍수가 났고 전염병이 돌았다. 1995년, 자연재해의 얼굴을 하고 찾아온 이 재앙 앞에서 로의 조국은 말 그대로 속수무책이었다. 그건, 오래전부터 예고된 시나리오였다. 소비에트 연방과 중국의 지원 감소, 동유럽 공산주의의 붕괴로 인한 무역량 감축, 무분별한 비료 사용에 의한 토지 황폐화와 연료 부족이 가져온 농업 기계화의 실패, 그리고 오랜 기간 지속된 무역적자와 미국의 경제제재는 마치 정교하게 맞물린 톱니처럼 연동하면서 로의 조국으로부터 재앙에 대비할 수 있는 여유를 앗아간 것이었다. 그러나 1995년은 시작에 불과했다. 홍수는 그다음 해에도 그 가난한 나라를 찾아왔고 1997년에는 해일과 가뭄이, 1998년에는 태풍이 국가 전역을 휩쓸고 지나갔다. 소위 '고난의 행군'이라 불리는 이 기간 동안 아사한 북한 주민은 대략 이삼백만명으로 추정된다. 북한 정권의 붕괴를 은연중에 바라던 미국을 비롯한 서방과 한국은 북한이 가장 배고플 때 식량 지원을 주저했고 북한 정부는 고고하게 쌓아올린 '지상낙원'이 처참하게 무너지는 현실이 외부에 알려지는 걸 두려워했다. 이 거대하고 무정한 정치 게임 속에서 학생의 배울 권리 같은 개인의 영역은 너무 쉽게 외면되었다. 자식이 굶는 모습을 지켜봐야 하는 부모의 젖은 눈가와 구걸하는 버려진 고아들의 때 묻은 손바닥, 음식을 훔친 소년을 온 힘을 다해 때리면서도 이내 영양실조로 잃은 그 또래의 아들을 떠올리며 장마당에 주저앉아 오래오래 통곡했을 중년 여인의 회한처럼. 역사에 기록되지 않은 것은 죽은 자들의 이름만이 아니었다. 살아남은 자들의 환멸과 눈물도 희생자의 수치, 그 체온 없는 수치로 수렴되어 추모의 비문(碑文)도 없이 매장되었던 것이다.

학교생활은 사치였다. 학교에는 학용품만 없는 것이 아니었다. 아이들을 가르쳐줄 교사들도 상당수 빠져나가고 없었다.

1995년이라면 내가 대학에 들어간 해이다. 교내 대자보에서 북의 상황을 알리는 글을 몇번인가 본 적이 있다. 정치나 사회에 무관심하다고 비난하면 발끈하며 반박할 수는 있지만 구체적인 행동을 하기엔 늘 인색한 마음을 지니고 있던 세대에 나는 끼어 있었다. 그래서 그런 대자보를 발견하면 걸음을 멈추고 한참 동안 서 있긴 했어도 구호금 모금함 앞은 무심하게 지나갔었다. 상대적인 결핍감은 가난이라는 추상명사와 결합하여 내 청춘의 한쪽을 늘 그늘지게 했으나, 가난이라 믿었던 그 어떤 날에도 생존까지 위협당한 적은 없었다. 내가 무심하게 지나갔던 어떤 사진 속엔 어쩌면 생존을 장담할 수 없을 만큼 굶주려 있던 여덟살 혹은 아홉살의 로도 있었을지 모르겠다. 많은 시간이 지난 어느날 우리가 3년의 시간차를 두고 같은 공간을 걸어다니게 되리란 걸 전혀 몰랐던 날들이었다. 무심한 폭력. 로에게 한국 대사관에 너무 많은 것을 기대하지 말라고 일러줬던 사람들을 나는 자격도 없이 비난했던 것일까.

종이컵은 금세 비워진다. 의자에서 일어나 2층에 있는 화장실로 올라간다.

로가 이 맥도널드 화장실에 자주 왔던 건 단지 이곳이 무료였기 때문이다. 브뤼셀 시내의 다른 음식점이나 프랜차이즈점과 달리 누브 거리의 맥도널드는 돈을 내지 않아도 들어갈 수 있었다. 변기 뚜껑을 닫고 그 위에 앉아본다. 위생상태가 심각하게 나쁜 것은 아니지만 그렇다고 식사를 하기에 좋은 공간이라고는 결코 말할 수 없다.

호스텔의 아침식사 시간은 오전 8시부터 9시까지였다. 로는 아침식사 시간을 어겨본 적이 없었다. 신경을 날카롭게 하는 공복감 때문에 깊은 잠에 들지도 못했던 로는 새벽 6시 이전에 침대에서 일어나 세수와 양치를 한 후 옷을 갈아입고 머리를 빗었다. 궁색한 티를 내고 싶지 않았을 것이다. 로가 생각하기에 그 호스텔엔 굶주린 자의 사실적인 고통을 헤아려줄 만한 사람은 아무도 없었다.

모든 준비를 다 마쳐도 오전 8시까지는 늘 너무 많은 시간이 남아 있었다. 로는 두시간 정도 기다렸다가 부러 8시 정각이 아닌 8시 10분이나 20분쯤에 호스텔 2층에 있는 식당으로 들어갔다. 마음은 주방 선반에 놓인 빵과 우유 등을 닥치는 대로 쟁반에 담고 싶었겠지만 로는 침착했다. 식사를 하는 동안에도 로는 전혀 서두르지 않았을 것이다. 내가 읽은 로는 언제나 타인을 의식하고 경계하는 사람이었다. 고픈 배를 채우기 위해 눈에 띄는 행동을 함으로써 시선의 감옥에 갇히고 마는 무분별한 사람이 아닌 것이다. 로가 가장하고 싶었던 것은 배고프지 않은 자가 아니라 인생을 즐길 줄 알고 여유가 무엇인지 아는, 대부분의 호스텔 투숙객들과 다를 것 없는 젊은 여행자였을 것이다.

식사를 마치면 일부러 남긴 빵을 주머니에 담았다. 한국 대사관을 다녀오면서 희망이라 이름 붙일 수 있는 모든 것을 길바닥에 내버리고 온 이후로 로에게 빵을 주머니에 담는 일은 브뤼셀의 거리 이름들을 일기에 적는 것보다 더 중요한 임무가 되어 있었다. 낱개로 포장된 버터나 잼을 몇개 챙길 때도 로는 조급해하지 않았다. 빵을 살 돈이 없어서가 아니라 단지 이 호스텔에서 제공하는 빵이 유독 맛있어서라는 인상을 줘야 했기 때문이다. 로의 그런 작위적인 여유에 사람들이 과연 속아주었을까. 접시를 나르던 직원이나 세계 각지에서 온 젊은 여행객들은 오히려 로의 그런 행동을 눈살을 찌푸리며 쳐다보지는 않았을까. 주머니란 주머니는 온통 불룩하게 나온 우스꽝스러운 모습이었겠지만 식당을 빠져나가는 로의 걸음은 마지막까지 중심을 잃지 않았다. 일기에는 적혀 있지 않았으나 그럴 때마다 마음 깊은 곳에서 아프게 고동쳤을 로의 박동소리를 나는 들을 수 있다. 그만둘 수는 없었다. 로에겐 배가 고프다는 감각이 실질적인 고통으로 이어지는 과정이 이미 학습되어 있었다.

로는 열다섯살 이후로, 키가 크지 않았다.

그렇게 주머니에 담아온 빵과 잼, 그리고 버터는 로에겐 하루분의 식량이었다. 오후 2시 전후로 로는 무료로 사용할 수 있는 이곳 화장실을 찾아왔고, 문을 걸어 잠근 후엔 변기 위에 앉아 주머니에서 빵을 꺼냈다. 빵 하나에 잼과 버터를 바르는 로의 손길은 그제야 조급해졌다. 잼이나 버터를 바른 빵을 로는 언제나 물도 없이 허겁지겁 씹어 삼켰다. 때로는 일단 빵을 입안에 밀어넣어 미칠 듯한 공복감을 잠시 잠재운 후에야 잼이나 버터가 담긴 일회용 용기를 혀로 핥기도 했을 것이다. 아무도 없는 밀폐된 공간에서 로는 그렇게 배고픔을 호소하는 자신 안의 가엾은 자아를 만나곤 했던 것이다. 그 가엾은 자아는 오래오래 안에서 울었을 텐데도 로는 끝까지 빵 한 덩어리는 남겨두었다.

박의 아파트에서 잼을 바른 식빵 두개를 위생비닐에 담아 오긴 했지만 나는 도저히 그것을 먹을 수가 없다. 변기에 앉아 먹지도 버리지도 못한 식빵을 한참 동안 내려다보다가 어느 순간 식빵 끝에 입술을 댄다. 식빵을 한입 물어 씹기도 전에 헛구역질이 치민다. 어쩔 수 없이 식빵 하나를 한꺼번에 입안으로 구겨넣는다. 몇번 씹자마자 나는 돌아앉아 변기 뚜껑을 열고는 그 안에 얼굴을 들이민 채 입안의 것을 몽땅 토해내고 만다. 누군가의 참담하고도 구체적인 경험까지는 끝내 공유하지 못하는 이 모습이 바로 나의 가엾은 자아이다.

3시에 나는 지친 걸음으로 '굿 슬립'으로 돌아간다.

네개의 침대는 아직 비어 있다. 슈트케이스를 창가에 세워놓고 세면대로 걸어가 수도꼭지를 틀고는 두 손 가득 물을 받아 마신다. 오후에 이곳으로 돌아와 로가 처음 한 일은 수돗물을 마시는 것이었다. 목까지 물이 차올랐다는 느낌이 들면 로는 그대로 침대에 누웠다. 저녁에는 더이상 산책을 나가지 않았다. 그저 어둠속에서만 겨우 생존하는, 즐겁고 신나고 설레는 감각 같은 것은 모두 퇴화된 불우한 생명체처럼, 매순간 목숨을 걸고 살아남아야 했던 과도한 생존에의 욕구를 잠시 비웃기도 하면서, 이불을 뒤집어쓴 채 무의식 저편으로부터 끊임없이 불안한 잠을 불러들였을 뿐이다. 저녁 7시 즈음 아침에 식당에서 싸 온 남은 빵 한 덩어리를 먹을 때를 제외하곤 되도록 침대에서 일어나지도 않았다. 에너지를 비축하기 위해서는 움직임을 최대한 줄여야 했기 때문이다.

*

어느 비 내리는 수요일 저녁, 로는 담요를 둘둘 말고 누워 있다. 허술한 벽 너머로 젊음을 탕진할 권리를 갖고 있는 여행객들이 웃고 떠들고 마시고 있다. 그들의 웃음소리, 맥주캔 구기는 소리, 시끄러운 전자음악 소리…… 복도를 뛰어다니는 여자들의 장난스러운 괴성, 술에 취한 채 멍청하게 웃으며 그 여자들을 쫓아가는 남자들의 헝클어진 발소리, 선율이 자꾸만 꼬이는 엉터리 기타 연주 소리도 간간이 들려왔다. 로에게 그 모든 소리는 비현실적인 거리감각 탓에 아주 먼 데서 들려오는 듯도 했고 귓등 바로 뒤에서 울리는 것도 같았다. 로는 추웠다. 온몸에서 땀이 났고 이마는 뜨거웠으며 입술은 바짝 말라갔다. 낡은 점퍼를 껴입고 담요뿐 아니라 침대 시트까지 벗겨서

덮어보았지만 추위는 가시지 않고 오히려 점점 더 심해지고 있었다.

자정 즈음, 배낭만 던져놓고 도로 방을 나갔던 네명의 외국인들이 호기롭게 웃으며 방문을 왈칵 열어젖힌다. 여자들도 끼어 있다. 남자들 중 한명이 둘둘 만 담요와 시트 속에서 온몸을 떨며 신음하는 로를 발로 툭툭 쳐댄다. 헤이, 가이. 그들은 그렇게 무례한 인사를 건넸을 것이다. 잠시 나가 있는 게 어때? 누군가는 물었을 것이고, 나머지는 손에 든 맥주를 들이켜거나 값싸게 웃으며 담요와 시트로 가려진 작은 몸의 누군가를 주시하고 있었을 것이다. 질문을 가장한 요구, 연약하다고 짐작되는 자를 함부로 대하는 어리석고 한심한 인간들의 수치심 없는 행동. 담요와 시트 속, 캄캄한 어둠속에서 로는 어떤 심정이었을까.

로가 아무런 반응을 보이지 않자 그들 중 한명이 강제로 시트와 담요를 벗겨낸다. 로는 저항했다. 그러나 심한 몸살을 앓던, 그들보다 한뼘 이상씩 작은 로의 저항은 오래 지속될 수 없었다. 시트와 담요가 힘없이 벗겨지고 마침내 그들 앞에 모습을 드러낸 로. 폭소가 터진다. 여기 좀봐, 아주 꼬마였어. 술 취한 자의 그 목소리는 거만하고 무례하여 상상만으로도 나는 치밀어오르는 화를 참기 힘들다. 대체 몇살인 거야? 차이니즈? 재패니즈? 그들은 생체실험에 앞서 인격이 박탈당한 채 수술대 위에 올려진 싸늘한 실험체를 내려다보듯 찬찬히 로를 관찰하면서 비웃는다. 꼬마야, 어른도 없이 너 혼자 이런 데 오면 안 되는 거야. 누군가의 말에 나머지는 배를 움켜잡고 킬킬 웃어댄다. 여자들은 어린아이에게 겁을 주듯 두 손을 얼굴 앞에서 흔들며 유령 흉내를 내기도 한다. 다시 담요와 시트를 뺏어와 자신을 가리려는 로의 손을 또다른 남자가 움켜잡으며 소리를 지른다. 나가, 나가라고! 나가라는 말조차 알아듣지 못하는 로를 남자 두명이 문까지 질질 끌고 간다. 로는 남아 있던 마지막 유로를 지불하고 겨우 얻은 '굿 슬립'의 도미토리룸에서 그렇게 쫓겨난다. 힘없이 주저앉은, 여전히 오한으로 몸을 떨고 있었을 로를 복도를 오가던 여행객들이 흘끗흘끗 쳐다본다. 한참 후 로가 기어가다시피 걸어간 곳은 복도 끝에 위치한 공용화장실이었다.

공용화장실.

이 도시에서 그의 신변을 보호해줄 수 있었던 유일한 공간, 언제나처럼.

오늘밤도 이 호스텔은 술 취한 여행객들의 웃음소리와

지나치게 볼륨을 높인 음악소리로 시끄럽다. 젊다는 것을 그렇게밖에는 표출하지 못하는 그들을 나는 지금 내게 할당된 도미토리룸의 침대에 앉아 진심으로 경멸하고 있는 중이다. 젊음을 목적 없는 흥분으로 소비하는 것에 대한 경멸이 아니다. 자신의 만족을 위해 경계 밖에 서 있는 타인을 함부로 대한 것, 존엄하게 대하지 않은 것, 그 사람이 아프다는 것을 눈치채지도 못한 것, 나는 그런 것 때문에 화가 나 있다. 보드카 병을 들고 예의 없이 이 방 저 방 기웃거리던 백인 남자가 드디어 내가 앉아 있는 방문까지 열어본다. 우리의 눈빛이 마주친다. 같이 마실래? 나는 냉정하게 그를 쏘아보며 고개를 젓는다. 그는 어깨를 한번 으쓱해 보이더니 조용히 방문을 닫는다. 견딜 수가 없다. 견딜 수가 없어서 뒤늦게 벌떡 일어나 그 백인 남자를 쫓아간다.

"헤이! 스톱!"

술에 취한 백인 남자는 느릿느릿 뒤를 돌아보고 나는 다짜고짜 그에게 달려가 그의 가슴을 밀친다. 탄탄한 체구의 백인 남자는 끄떡도 하지 않는다. 백인 남자는 그저 황당하다는 듯한 표정으로 나를 내려다볼 뿐이다. 나는 있는 힘을 다해 그를 노려본다.

"뭐야, 당신!"

백인 남자가 소리를 지르고,

"왜 이렇게 예의가 없지?"

나도 지지 않고 쏘아붙인다.

"지금 무슨 말을 하는 거야?"

"너 말이야. 너! 그리고 너! 너! 거기 너!"

나는 술병을 들고 복도를 돌아다니던 여행객들을 함부로 손가락으로 가리키며 점점 더 커지는 목소리로 악을 쓴다. 지목당한 자나 지목당하지 않은 자나 모두 의아한 눈빛이긴 마찬가지다.

"너희들은 눈도 없고 귀도 없어? 누군가 아파서 빈방에 누워 앓고 있었어! 그런데 아무도 몰랐어, 아무도! 오히려 너희들은 그를 내쫓았지!"

"뭐?"

"이래도 되는 거야? 너희, 이렇게 해도 되는 거야?"

온힘을 다해 소리를 내지르다가 결국 나는 주저앉아 아아아, 신음을 내뱉는다. 논리적이지 못한 고통은 내 안에서 저절로 생성되어 포화되고 있는 중이다. 로도, 서울에 있는 윤주나 재이도 지금의 나를 위로해줄 수는 없다. 이 고통은 그 누구의 탓도 아니기 때문이다. 3년 전의 일이다. 여기에 모인 사람들은 3년 전의 그들이 아니다. 머리는 아는데 가슴속은 이 자명한 사실에 등을 돌리고 있다.

"술에 취했군."

사람들이 쑥덕거린다. 나는 정말 취한 것일까. 술 한잔 마시지 않은 나는 대체 무엇에 취한 것일까.

"당신, 괜찮아?"

낯선 동양인 여자의 명분 없는 분노가 납득되지 않을 텐데도 어느새 다가온 백인 남자가 내 어깨를 다독이듯 두드리며 조심스럽게 묻는다. 고개를 들어보니 그새 많은 사람들이 나를 에워싸고 있다. 그들이 정확하게 보이지는 않는다. 부축해주려는 누군가의 손을 뿌리치고 내 힘으로 자리를 털고 일어난다. 백인 남자는 진심으로 미안해하는 표정이다. 아무것도 따지지 않고 이유도 묻지 않은 채 나를 이해해준 그 백인 남자에게 고맙다는 말은 끝내 하지 못했다. 여전히 의아한 시선으로 나를 주시하는 사람들을 헤치며 나는 화장실 쪽으로 비틀비틀 걸어간다.

어린 시절, 악몽을 꾸던 날들이 있었다.

악몽에서 깨어나면 슬펐던 세상이 현실이 아니라 꿈이었다는 것을 받아들이며 안도할 수는 있었지만 안도 이후엔 또다시 쓸쓸해졌다. 목소리, 감각, 감정, 가족, 관계가 사라진 그곳이 현실과 단절된 곳이 아니라 언젠가 내가 되돌아가야 할 곳이라는 걸 알았기 때문일 것이다. 그러니 지금 내가 쓸쓸한 것도 이렇게 말할 수 있으리라. 내가 다시 가야 하는 곳은 이렇듯 사람들의 시선 속에서 마음껏 슬퍼할 수 있는 열린 공간이 아니라, 아무도 들여다보지 못하는 곳에서 나 자신의 슬픈 마음조차 의심해야 하는 폐쇄된 공간이란 걸 알기 때문이라고.

화장실로 쫓겨난 로는 새벽까지 변기 위에 앉아 있다가 동틀 무렵 두명의 남자와 두명의 여자가 어지럽게 얽힌 채 잠들어 있는 방으로 들어가 조용히 가방을 쌌다. 그날 로는 '굿 슬립'에 묵은 이후 처음으로 아침식사를 하지 않았다. 로의 지갑엔 6유로 52센트가 방수포에 싸인 채 들어 있었다. 6유로 52센트란 로가 한국 대사관에 다녀온 후 일주일 동안 숙박비를 제외한 그 어디에도 단 1센트의 돈도 쓰지 않았다는 것을 의미했다.

2010년 12월 17일 금요일

새벽 6시에 짐을 싸고 방을 나온다. 운이 없게도 새벽 당직을 맡았는지 그 청바지 차림의 커트 머리 직원이 리셉션에 앉아 꾸벅꾸벅 졸고 있다. 나는 슈트케이스를 잠시 세워놓고 리셉션 쪽으로 천천히 걸어가 손등으로 테이블을 톡톡, 두번 두드린다.

화들짝 놀라 잠에서 깬 직원이 몽롱한 눈빛으로 나를 올려다보다가 이내 인상을 쓴다. 또 당신이군. 화장이 지워진 그녀의 얼굴에는 벌써부터 짜증이 묻어나온다. 나는 테이블 쪽으로 몸을 붙이며 신중한 목소리로 직원에게 묻는다.

"3년 전에 아주 키가 작은 동양인 남자가 여기에서 2주 넘게 묵었는데, 기억해요?"

"이것 봐요. 여기는 호스텔이에요. 하루에 몇명이 이 호스텔을 오가는 줄 알기나 해요?"

"그 동양인 남자는 아침식사 때마다 주머니에 빵과 잼을 담아서 식당을 나가곤 했다더군요."

"금지된 행동이에요. 불가능하다고요."

"하지만 그는 잡힌 적은 없다고 썼어요."

"그가 뭘 썼다는 거죠?"

"어쨌든 기억을 못한다는 말이군요. 마지막 날엔 심한 감기와 몸살에 걸려서 야윈 모습으로 나갔을 텐데."

"이 얘기, 대체 언제 끝나죠?"

"조금만 친절하게 대해주지 그랬어요."

"뭐요?"

"살면서 한번이라도 그 사람을 다시 보게 된다면 정중하게 사과하세요."

"당신 미쳤어?"

"끝났어요, 이 얘기."

돌아서서 세워놓은 슈트케이스 쪽으로 걸어가는데 직원이 무언가를 빠르게 뇌까리는 게 등 뒤에서 들려온다. 프랑스어 욕설의 철자 같은 건 모르지만 나는 그녀가 지금 중얼거리는 언어가 상대를 냉대하는 저속한 욕설 중의 하나임을 안다. 새벽의 브뤼셀은 춥다. 3년 전처럼 비가

왔다면 더 추웠을 것이다.

'굿 슬립'에서 나온 로가 우산도 쓰지 않고 비를 맞으며 걸어간 곳은 생 미셸 대성당이다. 누브 거리에서 페르실 거리로 빠졌다가 코메디앵 거리로 내려와 부아 소바주 거리를 걸을 때, 아침 공기를 가르는 종소리를 로는 듣게 되었다. 은은한 선율은 로의 몸속으로 들어와 그의 지나간 시간들을 어루만지며 맥박과 숨소리에 섞여 공명했다. 로는 자신의 몸이 종소리와 하나가 되어 울려퍼지는 듯한 기이한 느낌에 거의 맹목적으로 종소리를 따라갔고, 성당을 발견하고는 문을 열고 그 안으로 뚜벅뚜벅 걸어 들어갔다. 성당 안은 노인들만 몇명 띄엄띄엄 앉아 있을 뿐 적막하고 어두웠다. 그때의 로처럼 나는 생 미셸 대성당 가장 뒷자리에 앉는다. 성당 안에서는 할머니의 냄새가 난다. 할머니의 냄새, 할머니의 할머니들의 냄새, 죽음이 머지않은 사람들이 몸으로 이 생의 종착점을 강렬하게 거부하는 냄새, 그리고 취재와 촬영을 위해 병원 중환자실을 찾아갈 때마다 깜짝깜짝 놀라면서 맡아야 했던, 유한한 시간 속에서 마모되는 인간의 체취.

파이프오르간 연주가 시작된다.

신을 믿지 않았고 신을 믿는 사람들의 오만함도 싫어

했지만 로는 그날 아침 장중하고도 한없이 슬픈 파이프오르간 연주를 들으며 기도했다. 물론 임종뿐 아니라 그 시신마저 지켜주지 못했던 어머니를 위한 기도였다. 로가 생에서 처음으로 한 기도였을 것이다. 내가 로의 일기를 읽으며 딱 한번 숨을 골라야 했던 장면, 차마 한번에 읽어내려가지 못했던 그 페이지들을 이제 더이상 회피할 수만은 없다는 것을 나는 느리게 깨닫고 있다.

파이프오르간 연주가 끝날 때까지 상상 속 로의 눈물은 닿을 듯 닿지 않는다. 너와 내가 타인인 이상 현재의 시간과 느낌을 오해와 오차 없이 나눠 가질 수는 없다는 불변의 진리는 자주 나를 괴롭혔지만 가끔은 위안도 되었다. 나의 한계에 대해서 적어도 나만은 침묵할 자격이 있다는 믿음은 그러나 얼마나 부질없는 것인가. 3년 전, 내가 앉아 있는 바로 이 자리에서 어깨를 잔뜩 옹송그린 모습으로 온몸을 떨며 오열했을 로의 모습을 상상의 영역에 남겨둔 채, 나는 끝내 젖지 않은 내 메마른 얼굴을 한 손으로 거칠게 쓸어내린다.

*

생 미셸 대성당을 나와 박의 아파트로 돌아가 현관문을 열자 검은색 구두 한켤레가 시야에 들어온다. 박의 구두였다. 예상치 못한 그의 방문이 반가울 것도 없지만 그렇다고 불쾌해할 일도 아니었다. 이 아파트는 내가 잠시 머무는 곳이긴 하지만 엄연히 박의 소유공간이다. 슬리퍼로 갈아 신고 주방 쪽으로 꺾어지자 예상대로 박이 식탁에 앉아 있는 모습이 보인다. 새벽이 지나고 햇살이 들어오는 아침시간이긴 하지만 조명이 모두 꺼진 아파트는 어둑어둑하다. 주방 쪽 조명 스위치를 더듬는데 켜지 말라고, 박이 말한다. 놀라울 만큼 낮은 그 목소리에 온몸이 경직되면서 스위치를 찾던 손길이 멈칫한다. 박은 와인을 마시고 있었다. 언제부터 여기에 앉아 술을 마시고 있었던 걸까. 혹시 어젯밤부터 나를 기다린 건 아닐까. 식탁 위에 놓인 와인병은 이미 바닥이 드러나 있다.

"산책을 하다가 문득 생각이 났소. 마침 가방 안에 여분의 열쇠가 있더군."

박은 어울리지 않게도 변명을 하고 있다. 마침 열쇠가 있었던 건 아닐 것이다. 박은 늘 여분의 열쇠를 갖고 다녔거나 오늘 아침 혹은 어젯밤에 특별히 그것을 챙기며 내게 하고 싶은 말, 해야 하는 말, 해서는 안 되는 말 들을 스스로에게 미리 타진해봤을 터이다. 나는 목도리를 풀고 코트를 벗어 식탁 의자에 걸쳐놓은 뒤 박의 맞은편에 앉는다.

"사진을 가져왔소."

이번에도 '마침' 생각이 났다는 듯이 박은 바닥에 내려놓았던 가방을 뒤적여 사진 한장을 꺼낸다. 로의 사진이었다. '푸아예 셀라'에 머물 때 찍은 사진이라고 박이 말해준다. 나는 박이 건넨 사진을 조심스럽게 받아 주의깊게 들여다본다. 내가 상상해왔던 모습과 크게 다르진 않다. 앳된 인상, 숱이 많은 덥수룩한 머리카락, 야윈 뺨, 낡아 보이는 겨울 점퍼, 맑은 듯하지만 어느정도의 수심이 읽히는 까만 눈동자. 내 상상과 다른 것이 하나 있다면 로의 웃는 얼굴, 그 천진난만한 표정뿐이다. 그 표정 하나만으로도 내 마음은 더없이 편안해진다. 사진 속에선 체격 좋은 흑인 여자 한명이 로의 어깨에 가볍게 팔을 올리고 있다. 포스트잇에 「노킹 온 헤븐스 도어」를 써준, '푸아예 셀라'의 사무실 직원 실비일 것이다.

"글은 좀 썼습니까?"

박의 질문에 나는 사진을 들여다보다 말고 천천히 고개를 젓는다. '처음에 그는, 그저 이니셜 L에 지나지 않았다'라는 첫 문장 이후에도 날마다 조금씩 글을 써가고는 있었지만 만족스럽진 않았다. 눈에는 보이지 않는 그 사람의 눈물까지 애틋함의 시선으로 완성하는 것, 언젠가 나는 재이에게 대본이든 대본 이외의 글이든 그것이 내가 글을 쓰는 이유가 되면 좋겠다고 고백한 적이 있다. 로의 일기를 읽으며 상상했던 그의 눈물은 자주 나를 슬프게 했으나 아직 자신이 없었다. 로의 인생을 따라 걸으며 그와 내가 많이 닮았다는 것을 알아가곤 있지만 나는 그의 불행했던 시간에 가슴 깊이 공감하기보다는 그저 관조하며 내 지나간 선택을 합리화하는 데 더 많은 에너지를 쏟아왔다. 내가 그에 대해 글을 쓸 자격이 있는 사람인가에 대한 첫번째 자기심문을 나는 여전히 성공적으로 통과하지 못한 셈이다.

"한잔하겠소?"

박이 묻는다. 고개를 끄덕인 후 사진을 가방 속 로의 일기장에 끼워놓는다.

박은 느린 동작으로 일어나 주방 선반 쪽으로 걸어간다. 내가 아직 열어보지 않은 선반 서랍에는 와인글라스와 각종 와인병 들이 사이좋게 줄을 맞추어 서 있었다. 내 약상자처럼 저 서랍도 박에겐 과자상자 같은 의미가 아니었을까. 달콤한 선물을 내놓는 대신 순간적인 망각과 현실적 고통의 분담을 약속해주는 이상하고도 슬픈 과자상자. 박은 골똘하게 서랍 안을 들여다보다가 잠시 후 그 안에서 와인 한병과 와인글라스 한잔을 꺼내 온다. 식탁 위에 놓여 있던 윙스크루로 코르크 마개를 따는 모습이 다소 힘에 부쳐 보이긴 했지만 그의 손동작에는 오랜 반복으로 형성된 익숙함이 배어 있었다.

"와인을 좋아하시나봐요."

"잠이 안 올 때는 수면제보다 낫지."

"불면증이 있으신가요?"

"늙으면 피해갈 수 없는 병입니다."

대답하며, 박은 빈 와인글라스에 신중하게 와인을 따른다. 스페인 와인이라고 박이 설명해준다.

"사람들은 프랑스 와인이 좋네, 이태리 와인이 최고네, 칠레 와인이 진짜네 말들 많이 하지만 내 생각은 좀 달라요. 내 보기엔 와인은 스페인이에요. 스페인 게 진짜죠. 자, 한잔해보시오."

나는 와인을 즐기지도 않고 상표나 지역에 따른 맛의

차이도 모른다. 그러나 지금, 간절하게 술이 마시고 싶긴
하다. 명료한 정신, 오래된 긴장 상태, 불안한 마음으로부
터 멀리멀리 도망가고 싶을 때 술은 수면제만큼이나 좋은
수단이 되어주지 않는가.

"말해보세요."

와인을 한모금 삼킨 후 피곤한 목소리로 내가 먼저 말
을 꺼낸다. 저편에서 박이 물끄러미 나를 바라본다.

"저한테 사진을 주려고 오신 것만은 아니잖아요. 하실
말씀이 있으시죠?"

"눈치가 제법이군요. 하지만 그 사람이 꼭 김작가가 아
니어도 상관은 없소."

"그러니 편하게 말해보세요. 누가 듣든 상관없는 거라
면."

"5년이 지났는데도 기억이 새삼스러울 때가 있어요. 그
럼 이렇게 한숨도 잠을 이룰 수가 없지."

박은 5년 전의 이야기를 하고 싶었던 모양이다. 5년 전
이야기라면 이미 들은 바가 있다. 지난 산책 때, 박은 5년
전 간암 환자 한명의 안락사를 도왔고 그 일을 계기로 의
사생활을 그만두었다고 했다. 아무도 모르게. 그때 박은
분명 그렇게 말했다.

"아무도 모르게 안락사를 도왔다는 그 간암 말기 환자 이야기군요."

"김작가, 기억력이 좋군."

"인상적이었거든요."

"그럴 법하지."

나는 이내 와인 한잔을 다 비운다. 한잔뿐이었는데도 하루 동안의 공복과 피로 탓에 내 몸은 금세 느슨하게 풀어진다. 눈앞의 박의 실루엣이 자꾸만 흐트러지고 있었다. 박은 그새 와인 두잔을 연거푸 비운다. 나는 그의 빈잔에 새로 와인을 따라준다. 박은 조금 취한 것 같다. 그의 눈머리가 뜨거워지는 것을 나는 괴롭게 지켜본다.

"나는 바르비트루산염이라는 진정제를 이용했소. 스위스의 유명한 안락사 병원 디그니타스에서도 사용하는 약으로 알려져 있지요. 그 약이 인간의 몸 안에서 어떤 화학적인 반응을 일으키며 숨통을 조여가는지 이론적으로는 알지. 하지만 그 과정에서 일어나는 극심한 정신적 혼란이나 실질적인 고통의 정도는 경험하지 않은 이상 결코 안다고 말할 수 없소."

"그래도 이전 환자처럼 불에 타 죽는 것보다야 나았겠죠."

"글쎄, 그럴까. 이번엔······"

"······"

"이번엔 김작가가 말해보겠소?"

"······"

"여기 간암 말기 환자가 있단 말이오. 복수가 심해지고 간성혼수 현상도 머잖은 환자라고 해봅시다. 간성혼수가 생기면 거울을 보고도 자신의 얼굴조차 제대로 확인하지 못해요. 언젠가는 배설도 의지대로 제어할 수 없게 되겠지. 몸에서는 더한 악취가 날 테고, 진통제의 양은 늘어가겠지만 모르핀조차 듣지 않는 날이 곧 올 거요. 그럼 그 환자는 잠이 들 때까지 이어지는 엄청난 통증 때문에 짐승처럼 울부짖곤 할 거요. 온몸에 온갖 관과 튜브를 꽂은 채 침대에서 꼼짝도 못하고 누워만 있다보면 등에 욕창이 생길 수도 있소. 이게 다 무슨 말인지 알겠소? 한 사람의 영혼이, 그 사람이 살아온 숭고했던 시간들이 잔인하게 병든 육체에 갇혀서 서서히 증발된다는 말이오. 그것도 끔찍한 고통 속에서."

"······"

"말해보시오."

"······"

"죽기 위해 그런 과정을 꼭 지나야 하는 거요? 평생을 고생했지만 자신에게는 한없이 엄격했고 가족들에게조차 허점을 보이기 싫어했던 한 여자가 있었소. 그토록 정갈했던 사람이 그렇게 무참하게 무너지는 광경을 지켜볼 자격이, 우리에게 있다는 거요?"

"저는……"

"됐소. 다 쓸데없는 얘기지."

박은 내 말을 막으며 의자에서 일어난다. 처음부터 그는 내 대답이나 생각 같은 것은 궁금해하지 않았을 것이다. 박은 그저 말하고 싶었던 것뿐이다. 고백의 형식을 빌려 생에서 가장 혼란스러웠던 순간을 이야기함으로써 그 과정이 정당했다는 것을 완벽한 타인으로부터 확인받고 싶었던 것이다. 아직까지 건강하게 살아 있고, 살아가고 있는 자신을 용서하고도 싶었으리라. 박을 처음 봤을 때, 쓸데없는 감정적인 소모나 의도하지 않은 상처로부터 아주 오래전에 해방된 사람인 것 같았던 그의 인상은 내 착각이었던가.

박은 거실 창가로 걸어가 아침을 맞고 있는 브뤼셀 거리를 말없이 내려다본다. 아니다. 지금 그가 내려다보고 있는 것은 브뤼셀 거리가 아니라 그의 과거일 것이다. 박의 등은 조금 굽어 있고 내가 봐온 그 누구의 등보다 다른 사람의 체온을 필요로 하는 듯 보인다. 내게는 익숙한 표정의 등이다. 나는 의식도 못한 사이 의자에서 일어나 박이 서 있는 창가 쪽으로 걸어가고 있다. 그에게 걸어가는 동안, 박이 얼핏 나를 돌아보았을 때 그에게, 아니 그가 아니어도 상관이 없는 누군가에게 간절하게 묻고 싶었던 그 질문을 속으로 중얼거려본다. 주방 식탁에서 거실 창가까지는 열걸음이면 닿을 수 있는데도, 아무리 걷고 또 걸어도 박과의 거리는 좁혀지지 않는다.

*

여느 날처럼 저녁을 먹자마자 호출을 받고 노래방으로 출근한 로의 어머니는 그날 돌아오지 않았다. 2007년 9월 11일이었다. 로는 새벽까지 집 앞에서 줄담배를 피우며 초조하게 서성였다. 늦은 새벽에야 로는 겨우 잠이 들었고 누군가 자신의 등을 흔드는 것이 느껴진 아침 8시쯤에 어렴풋이 눈을 떴다. 다급한 손길이었다. 어머니 대신 자신을 깨운 외가 쪽 친척을 올려다본 순간 로는 이미 어머니에게 안 좋은 일이 생겼다는 걸 직감했다. 그러나 그

안 좋은 일이 얼마나 엄청난 것인지는 미처 알지 못했고 알고 싶지도 않았다. 로는 친척이 들려주는 그 이상한 이야기를 곧바로 이해하고 있는 자신의 귀를 신뢰할 수 없었다. 외려 귓속으로 들어오는 그 모든 정보를 그토록 정상적이고 그토록 즉각적으로 해석할 줄 아는 자신의 살아 있는 감각을 아프도록 혐오해야 했다.

로의 어머니는 자정 무렵 노래방을 나오다가 교통사고를 당했다. 즉사였다. 로는 친척에게 자신을 병원으로 데려다달라고 말했다. 데리고 가야 한다고 요구했고 그것 외엔 아무것도 해서는 안 된다고 호소했다. 친척은 안 된다며 힘겹게 고개를 저었다. 로는 머리를 바닥에 찧으며 병원 이름이라도 알려달라고 애원했다. 탈북인에 대한 중국 당국의 대대적인 수색기간이었다. 친척은 포상금을 노리는 중국 공안들이 지금 눈에 불을 켜고 북조선 사람들을 잡아가고 있다고, 이미 로의 어머니가 북조선 사람이란 것이 밝혀져 병원 근처에 공안들이 진을 치고 있다고 했다. 로는 울부짖었다. 친척은 끝내 병원의 이름을 알려주지 않았다. 그것이 고작 마흔두살에 죽음을 맞은 처조카의 마지막 당부였을 거라고 친척은 헤아렸을 것이다.

적막함, 그 이상의 시간이 흘러갔다.

이틀 후 친척이 다시 로를 찾아왔다. 이번엔 남쪽 선교사 두명과 함께였다. 이틀 동안 곡기를 끊은 로는 형편없이 수척해져 있었고 눈빛은 자학적인 살의로 번뜩였다. 자신에게는 고통마저 사치라고 여기며 한순간의 상실감도 허락하지 않기 위해 날 서린 감각으로만 스스로를 몰아갔을 그 지독한 시간을 나는 인내라는 단어로밖에는 표현할 수가 없다. 친척은 로를 강제로 일으켜 앉힌 후 유럽으로 가라고 말했다. 수시로 남한행을 설득했던 선교사들도 어찌된 일인지 옆에서 친척의 말을 거들었다. 유럽은 복지국가들만 있는 하나님의 땅이라고, 지금도 세계 각지에 흩어진 난민들이 유럽으로 몰려들고 있다고 그들은 말했다. 그때 누군가 끔찍한 제안을 했다. 어머니의 시신을 사겠다는 사람들이 있다고, 그 돈이면 유럽으로 가서 자리를 잡는 데 문제가 없을 거라고 했다. 찾아오는 사람이 없으면 어차피 어머니의 시신은 중국 당국에 의해 처리될 것이고, 그 과정은 아무도 알 수 없다고도 했다. 로는 놀라지 않았고 화를 내지도 못했다. 모든 것이 거짓말 같았고 악의적인 술수인 듯했다. 네가 살아남는 것, 그것이 네 어머니도 사는 길이다. 친척은 로가 도저히 거부할 수 없는 패 하나를 던졌다. 로는 끝까지 울지 않았다.

일주일 후 4,000달러가 로에게 왔다. 로는 어머니가 다니던 한인 교회를 찾아가 근원을 알 수 없는 추위에 입술이 새파래지도록 덜덜 떨면서 선교사들을 기다렸다가 그들이 나타나자 십일조를 내고 추모예배를 부탁했다. 비행기 티켓과 남한 국적의 위조 여권이 포함된 브로커 비용은 2,800달러였다. 여행용 가방과 편한 신발, 목도리와 장갑을 사는 데도 약간의 돈을 써야 했다. 남은 돈과 친척이 보태준 돈을 유로로 환전하니 650유로가 로의 손안에 들어왔다. 로는 방수포를 구해 와 그 돈을 몇번이나 쌌다. 비에도, 땀에도, 눈물에도 젖지 않게 하리라. 구르는 돌에도, 나뭇잎 사이로 흘러가는 무심한 구름에도 상처받지 않게 하리라, 보호해주리라. 베를린행 비행기를 타기 전까지 로는 단 한번도 그 방수포를 풀지 않았다.

로도 알았을 것이다. 어머니의 시신을 내준 대가로 자신이 어떤 삶을 살게 될지, 얼마나 많은 순간들을 뼈를 녹이는 듯한 후회와 고통으로 견뎌내야 할지에 대해. 후회는 주기적으로 반복될 것이고 고통은 점점 더 강도가 높아질 것이다. 한참을 달려왔다 믿어도 어느 순간 돌아보면 시간은 아무렇지도 않게 그 순간의 선택에 대해 준엄한 질문을 던질 것이며, 로가 들여다보게 될 거울은 언제까지고 자기모욕적인 언어로 얼룩져 있을 터이다. 나는 지금, 로의 시간이 궁금하다.

나는 윤주의 시간도 궁금하다. 항상 그애가 감당할 수 있는 수준보다 높은 강도의 수치심과 분노를 배우게 했고, 결국엔 악성으로 변해 목숨까지 위협하게 된 거울 속의 그 혹을 그애가 어떤 마음으로 들여다보고 있을지 나는 진심으로 궁금하다. 타인의 무분별한 시선에 놀란 마음과 상처 입은 눈물로만 이루어져 있던 종양이 악의를 잔뜩 품은 암 덩어리가 될 수밖에 없었던 과정을 어떻게 받아들이고 있는지, 아니 그 과정을 납득하고는 있는 건지 정말이지 알고 싶다.

그러나 내가 지금 알 수 있는 것은 없다. 타인의 고통이란 실체를 모르기에 짐작만 할 수 있는, 늘 결핍된 대상이다. 누군가 나를 가장 필요로 할 때 나는 무력했고 아무것도 몰랐으며 항상 너무 늦게 현장에 도착했다. 그들의 고통이 어디에서 시작되고 어느 지점에서 고조되어 어디로 흘러가는지, 어떤 과정을 거쳐 삶 속으로 유입되어 그들의 깨어 있는 시간을 아프게 점령하는 것인지, 나는 영원히 정확하게 알아내지 못할 것이다. 누구의 위로나 체온도 없이 가까스로 그 시간을 지나온 후에야 조금은 지친

모습으로 그가 이렇게 말했을 때, 그러므로 나는 어디에
도 없는 사람이었다.

어머니는 저 때문에 돌아가셨습니다. 그래서 저는, 살
아야 했습니다.

로가 인터뷰 도중에 기자에게 한 말이었다.

*

창가에서 천천히 돌아서는 박에게 나는 그 문장의 의
미를 알 수 있겠느냐고 묻는다. 박은 바로 대답하지 못한
다. 로를 그토록 적극적으로 도왔던 건, 어머니에 대한 그
의 회한에 인간적으로 공감했기 때문이 아니었느냐고 나
는 연이어 묻는다. 우리 사이의 거리는 완연히 좁아져서
나는 이제 박의 숨소리까지 들을 수 있다. 박은 이번에도
대답을 하지 못한다. 그 대신 그는 김작가를 이곳으로 이
끌었다는 잡지 기사의 문장이 바로 그것이었느냐고 반문
한다. 나는 고개를 끄덕인다. 누군가 나 때문에 죽거나 죽
을 만큼 불행해졌을 때 내가 할 수 있는 일이란 게 고작
사는 것, 그것뿐인 상황을 어떻게 받아들여야 할지 모르
겠다고 나는 이어 말한다. 박은 심각한 생각에 잠긴 듯 고

개를 외로 숙인다. 한참 후 박은, 다른 누군가가 우리 때문에 죽거나 죽을 만큼 불행해지는 것이 가능하냐고 다시 묻는다. 나는 경직된 말투로, 5년 전의 그 간암 말기 환자가 지금도 그렇게 자주 생각나는 것은 자신이 그 환자를 죽였다는 죄책감 때문이 아니냐고 따지듯이 되묻는다.

"아니, 김작가가 틀렸소. 안락사라고 해서 무턱대고 환자의 몸에 약물을 투여하는 것은 아니오. 마지막 결정은 환자가 하는 겁니다. 환자가 결정을 내리지 않는다면 의사들은 아무것도 할 수 없어요. 나의 경우엔 환자가 혼자 누워 있는 방에 약물과 술을 섞은 컵을 갖다놓는 방법을 택했습니다. 컵을 들어 그 약물을 마시느냐 안 마시느냐 하는 결정에 의사로서의 나는 개입할 수도 없을 뿐더러 개입해서도 안 된다고 생각했고 실제로도 개입하지 않았소."

"하지만 그 컵을 갖다주었기 때문에 그 환자는 자신의 선택을 행동으로 옮길 수 있었던 거겠죠."

"죽음 앞에서 당사자의 의지보다 더 결정적인 건 없어요."

"기적이란 것도 있지 않나요? 타인의 개입이 그 기적의 가능성을 박탈한 건 아닌가요?"

순간적으로 할 말을 잃은 듯 박은 가만히 나를 바라본

다. 나는 시선을 돌리지 않는다.

"김작가는 내가 그 환자를 죽인 거라고 생각하고 있군."

"존엄성과 생명을 교환한 거라고 표현해야겠죠."

"내가 무슨 말을 해주길 바라는 거요?"

"묻고 싶은 것뿐이에요. 살아남은 자들, 건강한 자들, 그들은 뭘 해야 하는 건지. 자신을 합리화하기 위해 끊임없이 변명을 찾아내는 것 말고 죽거나 죽을 만큼 불행해진 사람들에게 어떤 마음을 가져야 하는 건지, 그걸 묻고 싶은 거라고요! 아시겠어요?"

박은 더이상 아무 말도 없이 조금씩 몸을 떨고 있는 나를 그저 창백해진 눈빛으로 보고만 있다. 환자의 비극적인 상황과 안락사에 대한 간절한 요구는 자신의 선택에 하나의 가능한 조건은 될 수 있어도 절대적인 조건일 수는 없다는 걸 박도 알고 있는 것이다.

알고 있기 때문에 그는 지금 괴롭다.

죽음에 이르는 환자의 마지막 고통에 동참하지 못했던 자신의 한계가, 그 한계가 극복할 수 있는 차원이 아니란 걸 알면서도, 박은 이렇게 자주 불면에 시달리는 것이리라. 핏기가 사라지는 얼굴, 영원히 열리지 않을 것처럼 단호하게 닫히는 입술, 그리고 격한 심장박동 때문에 간헐적으로 느리게 흐트러지는 온몸의 실루엣이 박의 허약한 세계가 고요하게 흔들리고 있다는 것을 보여준다. 그럼 나는 무엇인가. 한 사람을 소모적인 성찰과 후회뿐인 밀봉된 세계로 밀어넣고 내가 지금 기대하고 있는 것은 무엇일까. 우리는 인생의 공범자이며 영원히 용서받을 수도 없고 용서받아서도 안 된다는 것을 강변하고 싶은 것일까, 이 형편없이 늙은 사내에게?

"닮았군."

"……"

"그 환자와 김작가가 닮았어. 스스로에게 한치의 관용도 허락하지 않는 사람들이란 말이오. 실은 처음 봤을 때부터 느끼긴 했지."

"그 환자, 그냥 환자가 아니었죠?"

끝까지 나는 박에게 관용을 베풀지 않는다. 내 마지막 질문에 박의 눈동자는 순간적으로 빛을 내며 부풀어오른다. 내가 시선을 돌리지 않자 박이 먼저 천천히 돌아선다. 견디기 힘들 만큼 불편한 침묵이 우리 주위를 촘촘하게 에워싼다. 한참 후 박은 돌아가겠다고 말한다. 나는 그를 잡지 않는다. 언제까지고 잡지 않을 생각이다. 내 곁을 스쳐 지나간 박은 실은 전혀 취하지 않았다는 듯 현관 쪽으로 뚜벅뚜벅, 반듯한 발소리를 내며 걸어간다. 당분간 박은 내게 연락하지 않을 것이다. 박에게 어떻게 해야 로가 도달했던 그 결론, 살아야 한다는 당위에 이를 수 있는 건지 물어볼 기회는 다시 멀어지고 말았다. 내가 로의 인생을 알기 위해 여기까지 온 것은 나 또한 살아야 한다는 그 절대적인 명제를 수긍하고 받아들이고 싶어서였다는 것을 설명할 수 있는 시간도, 당분간은 내게 오지 않을 터였다.

2010년 12월 18일 토요일

아침에 눈을 뜨자마자 휴대폰을 꺼놓았다. 휴대폰을 꺼놓는다고 해서 기억의 전원도 꺼지는 것은 아니란 걸 알면서도 나는 그렇게밖에 하지 못하는 스스로를 싸늘하게 지켜본다. 수첩뿐 아니라 지갑 속 영수증의 뒷면이나 늘 들고 다니는 여행책자의 어떤 페이지, 그리고 브뤼셀 시내지도의 어느 여백에도 지우지 않은 메모는 남아 있을 것이다.

오늘은 윤주가 수술을 받는 날이다.

소파에 누워 윤주의 담당의사가 악성이니 유감이니 떠들어대는 그 반복되는 악몽을 꾸다가 깨어나보니 오후 2시였다. 한국은 밤 10시가 되었을 그 시각, 나는 소파에서 내려와 휴대폰의 전원을 켠다. 쪼그리고 앉아 재이의 번호를 꾹꾹 누르는 동안, 내내 모른 척했던 불안감이 내

몸의 모든 열린 틈 사이에서 끈적끈적하게 흘러내린다. 한차례 열병을 앓은 것처럼 온몸은 이미 땀에 젖어 있다.

재이는 신호음이 시작되자마자 전화를 받는다.

예정대로 오늘 아침 윤주가 수술을 받았다고 재이는 전한다. 나는 숨을 죽인다. 수술은 성공적이었고 윤주는 당연히 살아 있다는 재이의 다음 말을 듣기 위하여. 잠시 후 재이는 윤주의 항암치료에 효과가 있어 다행히 전이를 막을 수 있었고 그래서 큰 차질 없이 수술을 받게 되었다고 덤덤히 말해주었다. 이번 수술과정은 윤주의 동의하에 필름에 담았다고, 한달 후 방송에 내보낼 예정이라고도 했다. 휴대폰을 쥐고 있던, 너무 힘을 주어 손목까지 저려왔던 두 손이 그제야 맥없이 풀렸다.

하지만. 하지만, 말해놓고 재이의 목소리는 갑자기 끊긴다. 그러고 보니 그의 목소리는 내내 무겁고 그늘져 있었다. 조급한 마음에 무슨 말이라도 하려는 순간, 재이는 다시 침착하게 전해준다. 하지만 오른쪽 귀를 남기지 못했어. 무슨 말이야, 그게? 암세포가 오른쪽 귀까지 걸쳐 있었기 때문에 귀를 남길 수가 없었대. 내가 잠 속에서 가짜 고통과 가짜 연민에 허덕이고 있을 때 윤주는 현실의 문을 열어 수술실에 들어갔고 그곳에서 오른쪽 뺨의 혹

덩어리를 떼어내면서 동시에 귀 한쪽까지 잃어야 했다고, 재이는 지금 말하고 있는 것이다. 윤주가 거울을 보고 또 놀랐겠다. 아직. 재이는 이번에도 한번에 말을 잇지 못했다. 아직, 붕대를 풀지 않았어.

재이야. 오랜만에 그의 이름을 불러본다. 그래. 그는 대답한다. 하고 싶은 말, 해야 하는 말, 해서는 안 되는 말들이 머릿속에서 엉키며 뒤죽박죽이다. 내가······

"내가, 이번에도 너무 늦게 알았네."

재이는 숨을 고르고 있는지 휴대폰 저편은 조용하다. 오른쪽 귀 없이 곧 열여덟살이 되는 여자아이의 마음이란 어떤 것일까. 여전히 건강하며 나란하게 짝을 이룬 두개의 귀를 갖추고 있는 내가 지금 괴로워하고 있다면, 이 괴로움을 진심이라 불러도 되겠느냐고, 그것이 가능한 거냐고, 그 누구도 아닌 재이에게 묻고 싶다.

재이는 여전히 아무 말이 없다. 나는 간단한 인사도 없이 먼저 휴대폰 폴더를 닫고는 다시 소파에 눕는다.

그날 내내 나는 소파에서 몸을 일으키지 못했다. 감기기운으로 온몸이 무거웠다. 언제부터인가 희미하게 '그것'이 보였다. '그것'은 소파 밑에 자리를 잡고는 밤이 될 때까지 끈질기게 나를 지켜보았다. 한밤중에 내가 잠깐 눈을 뜬 사이, '그것'은 함부로 옷섶을 헤치고 들어와서는 내 심장의 온도를 재어주었다.

2010년 12월 20일 월요일

　나는 배고픔의 끝을 모른다. 가난은 늘 상대적이었고 더 가진 사람들의 시선으로 상상하여 바라본 대상화된 박탈감이었을 뿐이다. 대학 시절 비싼 학비를 감당할 수 없어 언제나 과외 아르바이트를 두세개씩 해야 했기 때문에 엠티니 농활이니 하는 건 꿈도 꾸지 못했다고 말했을 때, 재이는 진정 불쌍하다는 눈빛으로 나를 바라봐주었다. 그때는 내게도 아무런 거부감이나 감상 없이 상대의 연민을 이끌어낼 만한 단서 하나가 있다는 것이 다행스럽기까지 했다. 그러니까 내게 배고픔은 가상의 영역일 뿐 현실의 차원은 아닌 것이다. 나는 배가 고파서 헛것을 보거나 구걸을 한 적이 없고 쓰레기통을 뒤지거나 비참하게 쓰러지는 경험도 해본 적이 없으며 내 주변에도 그런 사람들은 없다.

성당을 나와 로는 다시 걸었다. 그해의 12월 20일은 목요일이었다.

크리스마스 바로 전 주의 브뤼셀은 활기 넘치고 화려했지만 동양의 가난한 나라에서 온 로에게 그들의 경쾌한 걸음과 풍요로운 웃음은 헛것 같았다. 몸살은 나아지지 않았고 배고픔에 대한 감각은 더더욱 날카로워졌다. 로의 주머니엔 한 덩어리의 빵도 남아 있지 않았다. 그날 밤 로는 길거리 쓰레기통에서 누군가 먹다 버린 샌드위치 한조각을 찾아내어 허기를 달랜 후 남역으로 들어갔고 간이 벤치에 누워 잠이 들었다. 역 안은 난방이 되지 않아 거리에 누워 있는 것만큼 추웠다. 신열이 일었다. 나쁜 꿈도 꾸었을까. 역 안엔 오래 있지 못했다. 역내 직원도, 이미 구획을 짓고 자기 영역을 확보하고 있는 노숙자들도 새로 들어온 동양의 키 작은 남자를 받아줄 의향이 없었다. 새벽 2시에 로는 역에서 쫓겨났다. 로는 기차역과 지하철역이 연결되는 지하도로 내려가 화장실을 찾아갔다. 자동 개폐장치가 설치된 지하도 내 화장실은 50센트짜리 동전을 넣어야 들어갈 수 있었다. 50센트를 지불하고 화장실로 들어선 로는 언제나처럼 화장실 가장 안쪽 칸에 자리를 잡았고, 점퍼 지퍼를 끝까지 올린 후 목도리로 머리를 감싼 채 쭈그리고 앉아 잠을 잤다. 간간이 6유로 2센트가 들어 있는 방수포를 손으로 더듬었다.

다음 날도 로는 그 화장실에서 잠을 잤다. 남은 돈은 5유로 52센트.

2007년 12월 22일은 크리스마스 전 주의 토요일이었다. 거리의 크리스마스 분위기는 절정에 달해 있었다. 로가 거의 아무것도 먹지 못하고 거리생활을 한 지 3일째 되는 날이기도 했다. 로는 그날 태어나서 처음으로 구걸을 했다. 트론 지하철역의 예술의 길 방향 계단에서였다. 로는 모자를 벗은 후 무릎을 꿇고 앉아 상체를 구부려 세상에서 가장 낮은 자의 자세를 취했다. 벗어놓은 모자는 앞에 두었다. 그 동작 하나하나가 내 머릿속에선 슬로 모션처럼 느리게만 흘러간다. 섣부른 연민은 안 된다고 머리는 명령하지만 느리게 흘러가는 그 화면 속 어딘가에는 로를 지켜보는 내 슬픈 시선이 포함되어 있다. 구걸할 모든 준비를 마친 로는 마지막으로 가방에서 하모니카를 꺼냈다. 몇 곡이나 연주를 했는지, 얼마나 많은 시간이 흘러갔는지 로는 기억하지 못했다. 자다 깨다를 반복했기 때문이다. 돈은 5유로 정도가 모였다.

오늘 트론 지하철역의 예술의 길 쪽 계단에는 구걸하

는 사람이 없다. 나는 로가 앉아 구걸을 했을 계단이 어디 쯤인지 추측해본다. 짐작되는 곳에 한참을 앉아 있었다. 바쁘게 계단을 오르내리는 사람들이 계단에 쪼그리고 앉아 추위에 떨고 있는 나를 흘끗흘끗 쳐다보며 지나간다. 기침이 터져나온다. 멈추지 않는 기침 때문에 나는 차가운 지하철역 계단에 오래 앉아 있지는 못한다.

내 걸음은 부르스 광장 쪽으로 향한다.

10유로 정도의 돈을 들고 로는 거의 의식을 상실한 채 걸었다. 로를 조종한 것은 뭐라도 먹어야 한다는 단순한 욕구였을까, 아니면 한번 끝까지 걸어가보고야 말겠다는 무모한 집념이었을까. 로의 걸음이 멈춘 곳이 바로 이곳 부르스 광장이었다. 부르스 광장은 중국과 인도, 태국과 베트남 식당이 모여 있는 아시아 식당 거리이기도 하다. 로가 붉은 나방을 본 건 그 식당 거리 초입이었다. 아름답구나. 로는 속삭였을 것이다. 브뤼셀의 화려한 밤 조명을 바라보며 로는 적지 않았던가. 낮 동안 깊이 잠들어 있던 크고 작은 나방들이 밤이 되면 그제야 등에 불을 밝히고 거리를 날아다니는 것이 아닐까 생각이 들곤 했다고. 그러니 그날의 브뤼셀 밤 조명은 반드시 아름다웠어야 한다.

로는 손에 잡힐 듯 잡히지 않는 그 붉은 나방을 쫓아갔다. 처음엔 한마리였던 것이 거리 안쪽으로 들어가면 들어갈수록 수십마리, 수백마리로 늘어났다. 온 천지가 온통 붉은 나방이었다. 황홀했다. 그 나방만 잘 쫓아가면 고향이 나올 것만 같았다. 어쩌면 어머니가 마중 나와 있을지도 모를 일이었다. 로의 걸음이 빨라졌다. 음식 냄새가 짙어졌다.

로가 본 붉은 나방은 가로수에 걸린 장식용 전구였다.

부르스 광장 초입에 서서 그 붉은색 전구들을 올려다보며 나는 눈을 감았다가 크게 떠본다. 그 순간, 믿을 수 없게도 붉은 빛깔 나방떼가 갑자기 한꺼번에 날아오른다. 나방떼는 현란한 빛을 내며 하늘하늘 허공을 날아다니고 내 머릿결에도 눈부신 붉은 빛을 떨어뜨린다. 손을 뻗어 붉은 나방의 황홀한 빛무더기 속에 손가락을 담가본다. 온몸이 붉은 빛으로 물드는 것 같다.

로가 그랬던 것처럼 나는 붉은 나방이 이끄는 대로 가로수를 따라 걷는다. 가로수는 거리 초입부터 띄엄띄엄 이어지다가 거리 한가운데 자리한 키 큰 전나무에서 모인다. 전나무는 갖가지 크리스마스트리로 장식되어 있다. 주머니 안에는 땀에 젖은 돈이 들어 있었지만 로는 식당으로 들어가는 대신 그 전나무 아래에 놓인 벤치에 앉았다. 온몸이 느슨해지면서 도저히 막아낼 수 없을 것 같은 졸음이 밀려왔다.

로의 의식은 조금씩 마비되어갔다.

그날 밤 로의 잠은 어쩌면 의도적이었을 수도 있다. 다시 시작하기에는 너무 지쳐 있었으므로. 처음부터 도착지가 없는 여행이었다면, 음식 냄새 향기롭고 붉은 나방 천지인 이곳에서 그만두어도 괜찮겠다고 로는 의식의 뚜껑을 빈틈없이 닫으며 생각했을지 모르겠다.

다음 날 아침 로가 깨어난 곳은 경찰서였다.

2010년 12월 21일 화요일

　설핏 눈을 뜬 로가 자신이 누워 있는 곳이 어디인지 알아차리는 데는 그리 오랜 시간이 걸리지는 않았을 것이다. 등뒤에 'Police'가 찍힌 겨울용 패딩 점퍼를 입은 사내들이 분주히 오가고, 성난 목소리가 여기저기서 들려오는 그곳은 분명 경찰서였다. 로는 경찰서 입구에 놓여 있는 소파에서 깨어났다. 불법 신분으로서 가장 피해 가야 하는 곳으로, 로는 의식도 못한 사이 아무런 저항도 없이 실려 온 것이다. 깨어난 로에게 초로의 백인 경찰 한명이 다가왔다. 파일을 들고 있던 신중한 인상의 그는 로에게 무언가를 물었다. 이름이나 가족관계 혹은 주소나 국적 같은 것이었으리라. 로도 짐작은 했지만 그 순간 로가 내놓을 수 있는 대답은 없었다. 애초부터 없던 것들이거나 의미가 없어진 것들이었고, 가벼운 손짓이나 몸짓으로는 그 어떤 질문에도 제대로 된 대답을 해줄 수 없었다. 아주 잠깐, 가방 속에 넣어둔 남한 국적의 위조 여권을 떠올리기도 했지만 로는 이내 고개를 저었다. 그것 역시 자신의 정체성을 밝혀줄 수 없는, 언젠가는 가짜임이 드러날 것이 뻔한 거짓된 신분증에 지나지 않았다. 아무 말도 못한 채 시선을 피하던 로를 키 크고 나이 많은 백인 경찰은 안경 너머로 주의깊게 내려다봤다.

그날 오후 로는 경찰차를 타고 또다시 의지와 상관없이 어딘가로 실려 간다. 로는 불안했을 것이다. 누구라도 붙잡고 지금 우리가 가고 있는 곳이 어디냐고 묻고 싶기도 했을 것이다. 아니, 로가 묻고 싶었던 질문은 좀더 근원적인 것이었을 수도 있다. 나는 왜 여기에 있는가, 어째서 여기까지 온 것인가, 대체 어디로 가서 내 남은 인생을 부려놓아야 한단 말인가.

로가 백인 경찰과 함께 도착한 곳은 브뤼셀 도심 외곽에 위치한 고아원이었다.

크리스마스이브 전날, 고아원의 아이들은 느닷없이 찾아온 동양인 손님이 신기했을 것이다. 아이들은 눈동자를 빛내며 로의 나이를 점치거나 그의 국적에 대해 근거없는 추측을 해댔을지도 모른다. 로는 아이들의 의심에 찬 눈빛을 뒤로한 채 경찰을 따라 건물로 들어갔고 복도 끝에 위치한 사무실에서 고아원 원장을 만났다. 그녀가 바로 로가 브뤼셀에서 만난 첫번째 은인, 엘렌이다. 경찰은 엘렌에게 로를 길을 잃은 아이라고 소개했다. 로가 경찰의 그 잘못된 소개를 확인하게 된 건 꽤 오랜 시간이 지난 후, '푸아예 셀라'를 나와 라송 거리에 위치한 중국 식당에서 일할 때였다. 그 당시 로는 식당에서 월급을 받은 날이면 엘렌을 만나러 고아원을 찾아가곤 했다. 경찰이 내가 말을 못한다거나 정신적으로 문제가 있는 아이 같다는 말은 하지 않았나요? 로는 엘렌에게 장난스럽게 묻기도 했다. 서툴기는 하지만 문법적으로 크게 문제가 없는 진짜 프랑스어로. 그런 날은 분명 로의 인생에 있었다. 자신이 열세살이나 열네살의 소년이 아니라 스무살의 성인이라는 것조차 표현하지 못했던 1년여 전의 크리스마스이브 전날 저녁에는 짐작도 못했을 그날은 로의 일기 거의 마지막 부분에 기술되어 있다.

로는 곧바로 소년층으로 분류되었고 열살부터 열네살까지의 소년들과 소녀들이 묵는 건물에서 방 하나를 배정받았다. 방에 가방을 내려놓은 후엔 엘렌의 지시로 욕실로 들어가 오랫동안 샤워를 했고 고아원에서 마련해준 청바지와 셔츠를 입고 식당으로 향했다.

그날 저녁 식사시간은 풍요로웠다.

수프와 빵 외에도 여러 크리스마스 음식이 준비된 식탁 앞에서 로는 자신이 뿌리 없는 사람이라는 상념을 잠시 잊을 수 있었다. 나흘 만에, 아니 브뤼셀에 온 이후 처음으로 식사다운 식사를 하는 셈이었다. 저마다 마음 한곳에 버림받았다는 상처를 안고 있기에 언제든지 타인에게 냉담할 준비가 되어 있던 그곳 아이들은 시끄러운 소리를 내며 정신없이 빵과 고기를 씹는 로를 차갑게 쏘아봤다. 그러나 그런 시선을 의식하며 자신의 행동을 절제하는 힘을 발휘하기엔 로는 너무 배가 고팠다. 게다가 다들 어린애들이 아닌가. 접시가 바닥을 드러낼 때까지 로는 씹고 삼키고 마시는 행동을 멈출 수 없었다.

그날 밤, 로가 머물던 고아원 건물에서 작은 소란이 있었다. 허락도 없이 자신들의 세계로 들어와 짐승처럼 먹다 쓰러진 로가 소년들과 소녀들은 못마땅했을 것이다. 심장 아래 감춰둔 피해의식과 결합된 그 텃세는 로를 방한구석에 몰아넣고 이불과 담요를 뒤집어씌운 후 돌아가며 주먹질과 발길질을 하도록 부추겼다. 폭력을 말리는 듯한 목소리도 들려왔지만 로는 그 언어를 해석할 수 없었다. 이불과 담요 속, 온 우주에서 다시 혼자가 되어버린 로는 '굿 슬립'에서의 마지막 밤을 떠올렸을까. 어쩌면 방에서 담배를 피우다가 경찰을 부르겠다는 협박을 들어야 했던 브뤼셀에서의 첫날을 기억해냈을지도 모르겠다. 이 도시에서의 삶이 사람들의 무시와 경멸, 그리고 자신을 향한 과장된 경계심과 불필요한 오해로 채워질 거라는 예감은 결국 틀리지 않았다고 조소하면서.

로는 저항하지 않았다. 그저 그들과 다를 것 없는 버림받은 아이인 척 연기하며 그들의 해소할 길 없는 적대와 울분이 잦아들 때까지 견뎌주기로 했다. 등허리에 멍이 들고 입술이 터져 피가 나고 팔이 꺾이고 머리가 멍해지는 것쯤은 로에겐 아무것도 아니었다. 로는 오히려 오랫동안 기다려왔던 무언가가 마침내 자신에게 찾아온 것 같은 희열마저 느꼈다. 어머니의 시신을 판 돈으로 살아남기 위해서 유럽까지 온 것에 대해 자신이 그때껏 단 한번도 단죄다운 단죄를 받은 적이 없다고 로는 생각했다. 남쪽 선교사들은 로의 행동을 오히려 숭고한 것으로 미화했고, 조선족 브로커를 비롯하여 함께 베를린행 비행기를 탄 열아홉명의 중국인들은 로의 사연에 아무런 관심이 없었다. 로는 누구에게라도 구체적이고 물리적인 단죄를 받

고 싶었다. 그 단죄자가 고작 십대 아이들에 불과하더라
도 상관없었다. 아예 나를 죽여도 돼. 이불과 담요 속에서
로는 이렇게 속삭였을지도 모르겠다.

미치도록 나를 더 패줘, 제발.

로가 아무런 반항이 없자 아이들의 폭력은 제풀에 꺾
였다. 다음날은 크리스마스이브였다. 그날을 기점으로 자
신들 중 몇몇은 운명이 바뀌기도 한다는 것을 아이들은
알고 있었다. 자정이 넘으면서부터 아이들은 한명 두명
무리에서 빠져나가 할당된 침대로 돌아갔다. 현실적인 구
원을 줄 수 있는 산타클로스를 기다리고 갖고 싶었던 선
물들이 품 안에 가득 안기는 꿈을 꾸는, 어느 지점에선 그
저 아이일 수밖에 없는 진짜 아이들. 로는 사위가 조용해
지자 이불과 담요를 들추고 나와 복도 끝에 있는 공용 샤
워장으로 걸어갔다. 침착하게 지혈을 했고 멍이 든 부분
을 머리카락이나 옷으로 가리기 위해 애썼다. 부당한 폭
력이 있었다는 사실이 발각됨으로써 또다른 말들이 생겨
나는 일은 피해야 한다고 판단했기 때문이다. 적어도 고
아원에선 추위에 떨며 거리를 헤맬 필요도 없고, 배고픔
의 바닥을 묵묵히 내려다보며 비참한 자세로 구걸하지 않
아도 될 테니까. 폭력은 적어도 일주일은 계속될 거라고

로는 짐작했다. 그 짐작은 틀리지 않았다.

브뤼셀 외곽에 위치한 고아원 근처를 걸으며 보름 가까이 아이 취급을 받았던, 심지어 아이들의 세계에서도 집단적인 무시와 폭행을 당해야 했던 스무살 로의 마음을 헤아려본다. 헤아려보려던 내 노력은 어느 순간 무의미하게 흩어진다. 흩어지는 마음을 무력하게 지켜보다가 방금 전 만난 엘렌이 건네준 작은 크리스마스카드를 주머니에서 꺼내본다. 로를 만나면 전해달라고 그녀는 부탁했다. 엘렌의 카드 때문에 코앞으로 다가온 크리스마스가 더더욱 실감된다.

나흘 전 재이와의 짧은 통화 이후 단 한번도 울리지 않은 휴대폰을 꺼내본다.

당연한 절차라는 듯 나는 천천히 윤주의 번호를 누른다. 곧 있으면 크리스마스네. 그렇게 말을 꺼내면 윤주는 '그렇네요'라고 짧게 대답해줄지 모른다. 크리스마스이브 전날에 스무살 청년이 고아원에서 음식을 얻어먹고 캐럴을 부르는 아이들 속에 섞여 입술을 벙긋벙긋하는 모습, 상상이 돼? 글쎄요, 그애는 멋쩍게 웃으며 늦은 밤의 병실 창밖을 내려다보면서 머리를 긁적일지도 모르겠다. 그런데 그 청년은 왜 고아원에 갔어요? 그애가 물으면 나는 대답해주고 싶다.

너처럼 외로웠나봐.

윤주는 전화를 받지 않는다. 거울을 보고 있을지도 모른다. 오른쪽 귀를 되비추지 못하는 허술한 거울, 완벽하지도 않고 행복해지는 방법을 연구할 줄도 모르는 나태한 거울, 춥고 외로운 열일곱살의 겨울이 들어 있는 가난한 거울.

로는 예상보다 일찍 고아원을 떠나게 된다. 엘렌이 우연히 로가 노래를 부르며 주방 직원을 도와 설거지하는 모습을 보았기 때문이다. 10여년 전 한국의 입양기관과 연계하여 입양아들을 벨기에 양부모들에게 소개해주는 일을 잠깐 했던 그녀는 아주 희미하게 한국어를 기억하고 있었다. 꼬레앙? 엘렌이 로를 사무실로 불러 그렇게 물었을 때, 로는 자신이 솔직해져야 하는 바로 그 순간이 왔다는 것을 온몸으로 감지했다. 더이상 도망갈 곳도 달아날 곳도 없었다. 로는 의자에서 일어나 고아원에서 나눠준 털모자를 벗고는 그제야 정중하게 목례를 한 후 천천히 말했다. 코리안. 로의 대답을 들은 엘렌은 손가락으로 위와 아래를 반복해서 가리켰다. 북쪽인가, 남쪽인가.

노스, 노스 코리아.

로는 단호하고도 정확하게 대답했을 것이다. 오른손 검지로 위쪽을 가리키면서, 노스 코리아 혹은 'DPRK'라고. 일기의 첫 장과 몇몇 페이지에 여러번 씌어 있던, 다시는 되돌아갈 길 없는 조국의 영문 명칭. 로는 생각이 날 때마다 이 단어를 쓰고 또 쓰며 잃어버린 자신의 국적을 언제 어디서든 주저없이 말할 수 있는 순간을 기다려왔던 것이다. 엘렌이 알 것 같다는 얼굴로 고개를 끄덕이자 용기를 얻은 로는 두 손을 이용하여 자신이 스무살이라는 표현을 했다. 엘렌은 흠칫 놀랐다. 엘렌은 정말이냐고 묻는 대신 바로 그 자리에서 한국 대사관에 전화를 했고, 대사관의 소극적인 태도에 분노를 터뜨렸다가 이내 벨기에 내무부에 연락을 취했다. 내무부에서 직원들이 찾아온 건 이틀 후였다. 설거지를 하며 로가 부른 노래는 일기에는 적혀 있지 않다.

*

박의 아파트로 돌아와 샤워를 한 후 소파에 앉아 휴대폰을 꺼낸다.

재이와의 통화 후 사흘 만에 나는 다시 재이에게 전화

를 건다. 세번째 신호음이 지나갈 때, 재이는 전화를 받는다. 깨어난 윤주의 상태를 묻기 위해 한 전화였는데도 나는 윤주의 이름조차 입에 올리지 못한다. 윤주는. 고맙게도 재이가 먼저 말을 꺼내준다. 조금씩 나아지고 있어. 윤주는. 이번엔 내가 말을 시작한다. 지금도 나를 원망하겠지? 묻고 싶었지만 나는 묻지 않는다. 물을 수가 없다. 그 대신 외롭다고, 나는 말한다. 그는 이해한다고 대답한다. 내가 더이상 아무 말도 못하자 그는 글은 좀 썼느냐고 묻는다. 나는 아주 조금씩 쓰고 있다고 대답한다. 그는 다행이라고 속삭인다. 보고 싶다고 말하고 싶었으나 한참을 뜸을 들여 내가 한 말은 내 의지대로 되지는 않았다. 미안하다고 했을 것이다. 그는 대답하지 않는다. 우리는 침묵한다. 메인 작가 자리를 비워두고 있다고, 그가 마지막으로 말한다. 내가 듣고 싶은 말은 아니었다. 밤 11시 5분, 한국 시간 아침 7시 5분. 우리는 결국 8시간의 격차를 무마하지 못한 채 전화를 끊는다. 휴대폰의 통화 내역은 방금 전 우리의 통화가 1분 52초 동안 지속되었다고 알려준다.

아스피린, 알레르기 비염 치료제, 수면유도제, 소화제 등이 들어 있는 약상자를 또다시 가져온다. 이번에도 눈을 감고 손을 집어넣어 감각이 이끄는 대로 알약 하나를 집어든다. 역시나 수면유도제다. 정신이 몽롱해질 때까지만 재이와 나눴던 그 짧은 대화를 되짚어보기로 한다. 내 입술에 남는 대사는 그러나 미안하다는 말, 그뿐이다. 나는 그 말을 하도록 이끈 내 마음의 가장 연약한 부분을 내가 책임질 수 없다는 것을 깨닫는다. 50밀리그램짜리 알약의 효과는 역시나 더디기만 하다. 소파에 누웠다가 거실 바닥에 앉았다가 이내 자리를 털고 일어나 창가에 기대선다.

나흘 전 내 심장의 온도를 재어주었던 '그것'이 언제부터인가 흐릿한 실루엣으로 다시 나타나 이번엔 내 귓가에서 노래를 부르기 시작한다. 그 노래에 취해 새벽 2시 즈음에야 나는 가까스로 잠이 들 수 있었다.

*

내무부 직원들을 따라 고아원을 떠난 로는 그들의 도움으로 내무부 내 외국인 사무국에서 난민 신청서를 제출한다. 사진 촬영과 지문 채취, 간단한 신체검사 같은 여러 절차를 마친 후엔 브뤼셀 내 월유에 생피에르에 있는 수용소에 임시로 머물게 된다. 이 수용소에 머물던 로가 외국인 사무국으로부터 면담에 응하라는 호출장을 받은 것은 나흘 후였다.

벨기에의 난민 신청국 심문실, 바로 이곳에서 로는 박을 처음 만난다. 오디시옹(audition)이라 불리는 이 첫번째 면담은 2008년 1월 11일 금요일 오전 10시에 시작됐다. 그 자리에는 박뿐 아니라 내무부 직원 두명도 동석해 있었다. 주로 직원들이 질문을 했고 로는 대답했으며 박이 그 사이에서 그들의 질문과 대답을 통역했다. 하지만 그 만남에서 박이 단순히 통역자의 역할만 했던 것은 아니다. 그때 박은 로의 말투, 사용하는 어휘, 북한에 대한 지식 등을 꼼꼼하게 검열하는 검사관 역할까지 맡고 있었다. 면담 내용을 바탕으로 로가 진짜 북한 사람인지 아닌지를 최종적으로 판단하는 사람은 내무부 직원들이지만 그들의 판단에 박의 의견은 중요한 변수로 작용하기 때문이다.

일반적으로 벨기에를 비롯한 유럽의 여러 나라들은 국가에서 추방되거나 국가를 버리고 온 이방인들에게 난민 지위를 주는 것 자체를 달가워하지 않는다. 아니, 세계 어느 나라도 난민을 두 팔 벌려 반기지 않는다. 난민 지위를 준다는 것은 각종 지원금을 제공하고 정착 과정을 돕는다는 의미이며 이 모든 것은 돈과 연결된다. 내무부 직원들은 어떻게든 로에게 난민 지위를 주지 않고 벨기에에서 추방하려 했고, 로는 최대한 솔직했으며, 그 사이에서 박은 양쪽의 말을 정확하게 통역하기 위해 객관적인 자세를 취했다. 그 어수선했던 첫 만남에서 박과 로는 물론 예상하지 못했다. 자신들이 통역을 하고 조사를 받는 사무적인 관계에서 인간적인 관계로까지 이어질 거라는 것을, 가장 감추고 싶었던 인생의 어느 한 시기를 서로에게 되비추는 거울이 될 수도 있다는 그 가능성을.

첫 면담에서 오간 질문과 답변은 기본적인 것들이었다. 이름과 나이, 고향과 가족관계, 고향의 풍경이나 그곳의 생활 같은 것. 몇번의 질문과 답변이 오간 후 직원은 종이 한장을 책상 위에 올려놓았고 박이 한국어로 말했다. 국기를 그려보시오. 로는 오랜 시간을 들여 꼼꼼하게 공화국 국기를 그렸고 빨간색과 파란색으로 정성스럽게 색도 입혔다. 직원은 로가 그린 국기를 파일에 넣었고 박은 이어 말했다. 국가를 불러보시오. 처음부터 끝까지, 모두. 로는 의자에서 일어나 차려자세로 국가를 불렀다. 자신이 조국의 국가를 2절까지 모두 부르는 동안 박은 눈을 감고 있었다고, 그날 밤 로는 일기에 적는다.

국기를 그리고 국가를 부른 후 로는 심문실에 혼자 남

아 자술서를 썼다. 태어나서 지금까지의 삶, 특히 유럽으로 오게 된 과정을 자세하게 써야 했다. "나는 로기완이라 불리며 1987년 5월 18일 조선민주주의인민공화국 함경북도 온성군 세선리 제7작업반에서 태어났습니다"라는 문장으로 시작되어 "그리하여 나는 2007년 12월 4일 화요일에 버스로 브뤼셀에 도착하게 되었습니다"로 마무리되는 그 다섯장의 자술서는 지금 내 가방 속에 사본으로 들어 있다.

두번째 면담은 일주일 후인 2008년 1월 18일 금요일에 있었다. 그 일주일 동안 박은 로의 자술서를 프랑스어로 번역하여 주 벨기에 한국 대사관과 관련 부서에 제출한다. 이 두번째 면담이 있고 다시 일주일 정도가 지났을 무렵, 박과 로는 내무부 직원의 동석 없이 또 한번 만난다. 이번엔 난민 신청국 심문실이 아니라 당시 로가 머물던 수용소의 면회실에서였다. 자술서를 잘 읽었다고 박은 말했다. 어머니의 이야기는 진심으로 유감이라고 생각한다는 말을 덧붙이며 잠시 숙연한 얼굴이 되기도 했다. 간간이 침묵이 흘렀으나 서로를 탐색하려는 불편한 시선은 더이상 없었다. 오히려 박은 인자함이 느껴지는 미소를 지어 보이기까지 했다. 로는 박의 그 미소를 보고 나서야 그 자리가 공식적인 심문이 아니라 사적인 만남을 위한 것임을 알아차린다. 박은 마지막으로 이런 말을 하기도 했다. 좋은 결과가 있도록 노력할 거요. 그 말을 듣고 로는 웃었다고 했다. 브뤼셀에 온 이후 처음으로 웃게 된 이 장면을 일기에 적어나가는 동안에도 로는 계속 웃고 있었을까.

꼭, 그랬으면 좋겠다.

박과의 이 세번째 만남이 있던 날, 로는 박을 만나고부터 다섯살 때 탄광에서 돌아가신 자신의 아버지가 자주 생각난다는 문장을 일기에 적는다. 그리고 그날로부터 2년여가 지났을 무렵 로는 박에게 자신의 브뤼셀 생활 전부를 기록한 일기 한권을 우편으로 부친 후 영국으로 떠난다. 로는 난민 지위를 얻을 수 있도록 많은 도움을 준 박에게 인사도 하지 못하고 떠나야 하는 불가피한 상황을 설명하고 싶었을 것이다. 한통의 전화로는 전할 수 없는 그 모든 이야기를 하나도 빠짐없이 전부 들려주고 싶다는, 이해받고 싶다는 절실한 마음으로 로는 자신의 일기를 박에게 보냈으리라.

로의 자술서 사본 마지막 장에는 박이 주 벨기에 한국 대사 앞으로 쓴 코멘트가 적혀 있다. 공식적인 서류 특성상 박은 프랑스어로 이 코멘트를 썼다.

Je vous envoie le texte de Lo Ki-wan traduit en français. Bien qu'il ne dispose pas de pièce d'identité de la Corée du Nord, je suis sûr qu'il est Nord-Coréen. Je pense que lui tendre une main secourable est notre mission aujourd'hui. C'est une vérité à laquelle nous ne pouvons échapper. Nous devrions donc l'aider davantage autant au niveau humain et affectif qu'au niveau politique et administratif. Nous nous laissons submerger par les problèmes politiques jusqu'à en oublier les souffrances individuelles, souvenez-vous s'il vous plaît que ceci est notre tragédie. N'hésitez pas à me contacter en cas de doute ou pour une explication quelconque. Je vous prie d'agréer l'expression de mes sincères salutations.

(저는 귀하께 로기완의 글을 프랑스어로 번역하여 보냅니다. 그는 비록 북한 신분증을 갖고 있지 않지만, 저는 그가 북한 사람임을 확신합니다. 저는 우리가 그를 돕는 것은 오늘날 우리의 사명이라고 생각합니다. 그것은 외면해서는 안 되는 진실입니다. 그러므로 우리는 사무적이고

정치적인 방식이 아니라 정서적이고 인간적인 방식으로 그를 도와야 할 것입니다. 우리가 정치적인 문제에 몰두하고 있는 동안 놓치게 되는 것은 개개인의 고통이며, 이것이 우리의 비극임을 부디 기억해주시기 바랍니다. 의심되는 점이 있으면 주저하지 마시고 저에게 연락하십시오. 진심으로 감사의 인사를 함께 전합니다.)

2010년 12월 22일 수요일

드디어 내가 로의 일기를 읽으며 거의 유일하게 웃을
수 있었던 마지막 스무 페이지 정도가 시작된다. 이 페이
지들에는 로가 벨기에 내무부로부터 임시 체류허가증을
받는 장면부터 필리핀 여성 라이카를 따라 영국으로 떠나
기 직전까지의 이야기가 들어 있다. 이 시절의 로는 희망
을 찾고자 했고 사랑을 알게 됐으며 외롭지 않기 위해 노
력했다. 로에겐 모처럼 바쁜 나날이었을 것이다. 그래서
인지 이 부분의 일기는 분량도 적고 문장도 단순하다.

월유에 생피에르에 있는 수용소에 머문 지 한달여 만
에 로는 국제사회에서 난민 신청이 가능한 국가 중 하나
인 북한 국적일 가능성이 높다고 판명되어 매달 연장이
가능한 1개월짜리 임시 체류허가증을 받는다. 아울러 일
주일에 50유로 정도의 체재비를 받고, 무료로 프랑스어

수업도 들을 수 있게 된다. 외국인 사무국에서 로가 진술한 내용의 진위 여부와 범죄기록이 있는지 등을 조사하여 최종적인 난민 신청결과를 통보하기 전까지 로는 구세군 단체에서 설립한, 외출과 외부인 방문이 자유로운 '푸아예 셸라'로 거처를 옮겨 보다 안정적인 생활을 시작한다. 정식으로 난민 지위를 얻어서 정착할 수 있느냐, 아니면 난민 지위를 얻지 못해 추방되어야 하느냐 하는 문제에 로는 개입할 수 없었고 더이상 할 수 있는 일도 없었다. 기다리는 것, 그것뿐이었다.

경찰차를 타고 '푸아예 셸라'로 이동하던 날, 박이 찾아와 로가 궁금해하는 것들을 자세하게 설명해주었다. 그건 내무부나 경찰 측에서 부탁한 것이 아니라 오로지 박의 자발적인 행동이었다.

이프르 대로 28번지에 위치한 푸아예 셸라까지는 이제르 지하철역에서 도보로 5분 정도 걸린다. 이제르 역 근처는 아랍계 이민자들이 많이 모여 사는 구역이다. 그래서인지 간간이 문을 연 식료품점의 점원들은 대개 유색인종이다.

오늘 내가 찾은 푸아예 셸라의 입구에는 흑인 남자 두 명과 남미 계열로 보이는 중년 여성이 담배를 나눠 피우며 유쾌하게 웃고 있다. 그들 역시 난민 지위 신청이 접수되어 그 결과를 기다리고 있는 비교적 운 좋은 이방인들일 것이다. 따뜻한 느낌이 드는 베이지색 벽돌 건물인 푸아예 셀라는 누구나 드나들 수 있는 열린 공간이어서 나 역시 아무런 제재 없이 그 안으로 들어갈 수 있었다.

로는 이곳에서 6개월을 머물며 브뤼셀에서의 첫번째 봄과 여름을 보냈고 자연스럽게 스물한살이 되었다. 근처에 있는 시립 야간학교에서 일주일에 세번씩 프랑스어 수업을 들었고, 사무실 직원 실비가 틀어주는 음악을 들으며 고향을 떠올리곤 했다. 함께 체류 중이던 난민들과 몰려다니면서 시내 구경을 하기도 했고, 두달에 한번씩 문을 여는 이동놀이공원에서 난생처음 공중관람차를 타보기도 했다. 공중관람차 안에서 놀이공원을 내려다보는, 순박한 호기심으로 가득했을 로의 커다란 눈동자는 상상만으로도 즐겁다. 푸아예 셀라에 머문 지 6개월여가 지날 무렵, 로는 드디어 벨기에 내무부로부터 난민 지위를 얻게 되었다는 통보를 받는다. 어렵게 난민 신청이 받아들여져도 심사까지 적어도 1, 2년, 길면 수년 혹은 10년 이상을 기다려야 하고 심사결과도 대체로 부정적이라는 점을 생각하면 로의 경우는 매우 예외적이라고 할 수 있다. 박이 무척 적극적으로 로를 도왔다는 사실을 짐작할 수 있는 대목이다. 로가 브뤼셀에서 만난 두번째 은인은 바로 박이었던 셈이다. 난민 지위를 얻은 로는 푸아예 셀라를 나가 아파트를 구했고 매달 벨기에 정부가 정한 700유로 안팎의 최저생계비도 받게 되었다. 로가 중국 식당에서 합법적으로 일자리를 구할 때까지 최저생계비는 계속 지급되었으며 프랑스어 공부도 지속되었다.

푸아예 셀라의 사무실에는 오늘도 실비가 창가 책상에 앉아 업무를 보고 있다. 박이 준 사진 속에서 보았던 그 실비가 맞다. 내가 다가가 로기완의 이름을 대자 그녀는 엉거주춤 의자에서 일어나며 어떻게 로기완을 아느냐고 영어로 묻는다. 나는 그에 대해 글을 쓰고 있을 뿐 사실 그와는 아무런 연고가 없는 사람이라고 대답했는데도 밝고 친절한 성격의 실비는 나를 반겨준다. 로의 사소한 행동에서도 음악에 심취해 있는 마음을 들여다보고 그 노래의 제목과 가수 이름을 적어주는 세심함이 어떻게 가능했는지 충분히 짐작할 수 있었다.

소파에 앉아 실비가 타 온 커피를 마시며 나는 로에 대한 이야기를 좀더 듣는다. 실비의 말에 따르면 로는 푸아예 셀라에 머문 지 한달이 다 되어갈 무렵 청소나 설거지,

세탁 등을 돕는 일을 자진해서 신청했다. 일주일에 5유로 정도의 보수가 지급되는 일이었다. 일이 힘든 것은 아니었지만 대부분의 임시 체류 난민들은 고작 5유로를 위해 소중한 개인 시간을 할애하려 하지 않았다. 난민보호소에서는 모든 것이 공짜였을 뿐만 아니라 일정액의 체재비까지 정기적으로 받을 수 있었기 때문이다. 아마도 로는 5유로가 탐나서가 아니라 노동의 고단함을 알고 싶어서 그 일에 지원했을 것이다. 묵묵히 노동에 임하던 로의 태도에서는 엄숙함마저 느껴졌다고 실비는 이어 말했다. 당연하다. 로는 일하는 매 순간, 목소리는 잔뜩 쉬고 종아리는 퉁퉁 부은 채 새벽에야 집으로 돌아오던 어머니를 떠올렸을 테니. 자신의 신변보호라는 명분으로 어머니만 노동하는 것을 지켜봐야 했던 연길에서의 무력했던 시간들이 한순간의 나태함도 용납하지 않았기에 로의 노동은 엄숙할 수밖에 없었을 것이다. 실비는 다시 말한다. 로는 계단을 쓸라고 하면 계단 사이사이의 먼지와 계단참의 창틀까지 닦았고, 저녁 설거지를 시키면 선반과 서랍 속 식기들까지 다 꺼내 완벽하게 씻은 후에야 식당 문을 닫았다. 대걸레를 쥐여주며 복도를 청소하라고 하면 복도뿐 아니라 난민들이 묵는 방들과 사무실, 숙직실까지 윤이 나도록 걸

레질을 했다. 로가 청소도구를 들고 한번 지나가면 가전제품의 묵은 때까지 말끔하게 지워졌으며 그의 손길이 닿은 세탁물에서는 말 그대로 광채가 났다. 푸아예 셀라 역사상 그토록 성실한 사람은 없었다고, 언어를 배울 때도 그런 성실함이 그대로 발휘되어 로는 누구보다도 빨리 프랑스어를 터득했다고 실비는 다정한 목소리로 일러준다. 마지막으로 그녀는 만약 로기완을 만난다면 안부를 전해달라는 부탁도 덧붙인다. 나는 그녀에게, 내게 과연 로기완을 만날 자격이 있기는 한 거냐고 묻지는 못한다.

실비는 현관까지 나를 배웅해준다. 문 앞에 서서 오랫동안 손을 흔들어주는 실비의 얼굴을 잊지 않기 위해 나는 몇번이나 뒤를 돌아본다. 언젠가 로를 만나게 된다면 저토록 아름다운 실비의 안부를 꼭 전해주기로 한다. 가볍고 사소한 농담을 건넨 후 옷깃에 묻은 먼지를 아무렇지도 않게 털어주기도 하면서.

물론 나는 로에게 박의 안부도 전해줄 것이다. 로가 그 안부를 가장 궁금해할 사람은 그 누구도 아닌 박일 테니까.

박은 로가 푸아예 셀라에 머무는 동안 일주일에 한번씩 꾸준히 찾아온 사람이다. 박은 언제나 먹을 것이 잔뜩 들어 있는 종이봉투를 들고 푸아예 셀라를 방문했다. 박이 로를 찾아온 건 로의 생활을 외국인 사무국에 보고해야 하는 의무 때문이기도 했지만 그건 표면적인 이유에 불과했다.

로와 박의 유대는 로가 푸아예 셀라를 나와 중국 식당에서 일하며 중국인, 베트남인, 파키스탄인과 함께 아파트를 빌려 생활하는 동안에도 이어졌다. 더이상 보고서 같은 건 쓰지 않아도 되던 때였지만 언제나 박이 먼저 연락해 로의 아파트를 찾아갔다. 로에 대한 박의 관심과 애정은 박 역시 모친의 임종을 지키지 못했다는 뼈저린 회한에서 비롯됐을 것이다. 그리고 또 하나, 어머니의 죽음이 자신 탓이라고 여겼던 로의 죄의식은 아내의 죽음을 도울 수밖에 없었던 박에게는 절대적으로 공감하는 영역이었을 터이다. 바로 그 죄의식이 박과 로를 이어주는 공통의 상처였다. 박은 로를 외면할 수 없었다.

박은 로 역시 어느정도 프랑스어를 익혀 곧잘 문서를 읽어낸다는 것을 알면서도 로에게 온 우편물들을 모아놓고 하나하나 한국어로 번역해주는 일을 진심으로 즐거워했다. 푸아예 셀라를 방문하던 때처럼 따뜻한 음식을 사와서는 로가 맛있게 먹는 모습을 말없이 지켜보기도 했고, 각종 언어교재와 사전 같은 것을 선물로 주기도 했다.

박의 그런 행동을 로는 어디까지 헤아리고 있었을까. 그의 선심과 배려가 돌아서면 되살아나는, 사무치는 죄의식에서 비롯되었다는 것을 짐작이나 했을까. 어머니를 끝까지 지켜주지 못했던 자신의 사연에 인간적으로 공감한 박의 지극히 사적인 시간을 로는 몰랐을 수도 있다. 로는 그저, 얼굴도 가물가물한 아버지와 아무리 적더라도 음식이 생기면 자신에게 먼저 숟가락을 쥐여주던 어머니를 추억하게 하는 박이 반가웠을 것이다. 박이 찾아오는 날이면 로는 모처럼 따뜻, 그러나 가슴 한구석은 여전히 통증으로 얼얼한 저녁 한때를 보내곤 했으리라. 나는 그들 사이의 유대의 이면을 생각하면서 며칠 전 박을 몰아세웠던 내 행동을 후회한다. 돌이킬 수 없는 그 어리석음을, 가슴 깊이.

박이 약물이 담긴 컵을 건네준 그 간암 말기 환자가 그의 아내였다는 것을, 그런데 나는 언제부터 눈치채고 있었던가.

2010년 12월 22일 수요일 밤

로와 라이카.

이제 나는 그들에 대해서 쓰려 한다. 일기에는 '오늘은 라이카에게 프랑스어를 가르쳐주었다'라는 문장이 몇번 나오긴 하지만, 그들이 가까워진 결정적인 계기나 그들 사이에 있었던 구체적인 사건은 거의 묘사되어 있지 않다. 2009년 2월 라숑 거리에 있는 중국 식당에서 처음 만난 그들이 어떻게 가까워지고 어느 순간부터 서로에게 기대게 되었는지, 어떤 장면에서부터 반드시 이 사람이어야 한다는 절박함이 형성된 것인지, 나는 아무것도 알아낼 수가 없고 그래서 사실에 근접한 이야기는 쓸 능력도 없다. 난민 지위를 얻은 2009년의 스물두살 로와 만료기간이 지난 여행비자로 불법 취업한 상태였던 스물한살의 라이카, 그 둘이 함께 있으면 이제 더이상 되돌아갈 곳이 없다는 로의 고독한 마음이나 언제 어디서 불법 신분이란 것이 발각될지 모른다는 라이카의 불안감이 모두 희석될 수 있었다는 것, 내가 아는 것은 그런 것뿐이다. 물론 그들은 자신들의 감정과 그 순간순간의 진심을 의심하지 않았을 것이며, 사랑을 이야기하고 표현하는 데 인색하지도 않았을 것이다. 언어의 한계, 염세적인 세계관, 폐쇄적인 자의식 따위로는 검열할 수도 없고 검열되지도 않는 결속력으로 그들은 만났을 테니까. 이 세상에서 그들은 언제나 단둘뿐이었다. 거인족의 후손 같은 브뤼셀 사람들 사이에서 키 작은 그 두 사람이 손을 꼭 맞잡고 걸어갈 때면 두 사람을 제외한 모든 세계는 지워졌고 사라졌다. 브뤼셀은 언제나 봄날이었고 2007년 12월의 아픈 추위는 다시는 로를 범하지 못했다. 로의 일기를 모두 정독한 이후 브뤼셀의 거리 곳곳에서 사이좋게 걸어가는 그들의 뒷모습을 발견할 때마다, 나는 가던 길을 멈춘 채 한없이 애틋한 흡족함으로 사라지는 그들을 지켜보며 한참을 서 있곤 했다.

그들의 시작은 어땠을까.

어쩌면 그들의 시작 역시 아무 일도 아니라는 듯 단조롭고 덤덤했을 수도 있다. 가령 5년 전의 나와 재이처럼. 물론 그들의 첫 만남에서도 둘 중의 한명은 설명할 수 없는 기분 좋은 예감으로 소리없이 웃었을 수는 있겠다.

*

　사실 재이와 나는 방송국 근처 일식당이 아니라 교양
국 회의실에서 먼저 만났어야 했다. 회식에 앞서 마련된
그 자리에는 스태프들만 모여 있었을 뿐 정작 피디인 재
이는 나타나지 않았다. 스태프들 모두 실망한 눈치였다.
나중에야 오해라는 것이 밝혀졌지만 열정 없는 피디들을
익히 경험한 바 있는 스태프들은 새 프로그램의 피디를
자리만 차지하는 나태한 자라고 치부했다. 간단한 대면식
후 피디 없는 회의는 건성으로 끝났고, 사람들은 서둘러
방송국 근처에 예약해놓은 일식당으로 갔다.
　나는 그날 다른 회식 자리에서보다 많이 마시긴 했지
만 여느 때와 마찬가지로 필요 이상 취하지는 않았다. 사
회생활을 하면서 내가 가장 이해하지 못했던 부류는 회식
자리에서 인사불성이 되도록 취해버려 우스꽝스러운 상
황을 연출하거나 필름이 끊긴 채 실려 가는 사람들이었
다. 다음 날도 그 다음다음 날도 공적인 거리를 두고 일을
지시하고 지시받는 관계로 되돌아가야 한다는 걸 뻔히 알

면서도 스스럼없이 자신의 맨얼굴을 드러내는 그 심리를 이해할 수 없었다. 누군가 건넨, 맥주와 소주를 섞은 폭탄주를 마신 후 나는 화장실에 가기 위해 룸을 나왔다. 취하지 않기 위해서는 잠시라도 자리를 비워야 한다고 생각했기 때문이다.

세면대에 꾸부정히 서서 분명 세수를 하긴 했는데 화장실을 나오니 얼굴에는 물기가 없고 니트 셔츠만 잔뜩 젖어 있었다. 확실히 평소보다는 조금 더 취했던 모양이다. 일행이 있는 룸 쪽으로 걸어가는데 자꾸만 다리가 엇갈렸다. 누군가 내 어깨를 잡아주길 바라면서도 누구도 나를 눈여겨보지 않았으면 하는 두개의 마음이 그때도 이상한 균형을 이루고 있었을 것이다.

다시 룸 앞에 서자 사람들이 벗어놓은 신발들이 눈에 들어왔다. 박음질한 자리가 허술하게만 보이는 다갈색 스웨이드 스니커즈 한켤레도 그 속에 섞여 있었다. 여기저기 아무렇게나 널브러진 다른 신발들과 달리 짝을 맞춰 바깥을 향해 가지런히 놓여 있던 그 신발 위에는 푸른색 나뭇잎 하나가 떨어져 있었다. 11월이었다. 대체 어디를 헤매다 왔기에 푸른 나뭇잎이 묻어 있는 걸까. 나는 쭈그리고 앉아 그 신발을 가만히 내려다보았다. 이 도시 어딘가에 숨겨져 있는, 아무도 알지 못하는 비밀스러운 숲을 그 신발의 주인만은 알고 있을 것 같았다. 저마다 상대의 머리를 짓누르며 더 높은 곳을 향해 숨 가쁘게 뛰어가는 이 도시 한복판에서 혼자서만 비밀스럽게 숨겨진 숲을 천천히 걷다가 온 듯한 그 신발이, 그 순간 몹시 사랑스러웠다.

— 김작가, 거기서 뭐 해?

마침 스태프 중 한 사람이 미닫이문을 열고 나오는 바람에 본의 아니게 나는 사람들의 시선을 한꺼번에 받아야 했다. 화장실에 가기 전에는 보지 못했던 남자 한명도 삐죽 고개를 내밀어 유심히 내 쪽을 쳐다봤다.

— 김작가님, 인사하세요. 여기는 류재이 피디님. 첫회에 출연할 할머니네 갔다 오시는 길이래요. 그 눈먼 손녀 두명이랑 정선에서 사신다는 최옥분 할머니, 알죠?

누군가 그를 소개해줬다. 먼 거리에 있던 우리는 어색하고 뻣뻣한 목례를 나눴다.

근데 그때 왜 그렇게 바보같이 웃었던 거야? 함께 일한 지 1년 정도 되었을 때, 아주 조금씩 업무 이외의 일상에서도 서로에게 익숙해지고 있을 무렵, 첫 회식 자리에 대해 이야기하던 도중 재이는 문득 물은 적이 있다. 방송국 음악자료실에서 함께 프로그램에 적합한 CD를 찾고 있을 때였다. 그러고 보니 신발 놓인 데서도 쭈그리고 앉아 혼자 웃고 있었는데, 뭐야, 신발 속에서 돈이라도 주웠나? 재이는 CD 몇장을 내게 건네며 정말로 궁금하다는 듯한 표정을 지어 보였다. 나는 머리를 긁적이며 딴청을 피웠지만 바로 어제의 일처럼 그 모든 것을 생생히 기억하고 있었다. 잔뜩 물에 젖은 채 방으로 들어가 재이 맞은편에 앉았을 때, 그리고 전에 내가 썼던 대본에 대한 이야기를 나누면서 몇번 술잔을 비우다가 재이가 울리는 휴대폰을 들고 방을 나섰을 때, 그가 꾸부정히 허리를 숙여 그 다갈색 스웨이드 스니커즈를 찾아 신는 걸 보았을 때, 나는 이미 내 마음의 한 부분을 포기한 상태였다. 누군가 다시 따라준 술이 맥주였는지 소주였는지, 아니면 정종이었는지 위스키였는지 구분할 수 없었다.

—김작가, 지나가는 난봉꾼한테 데이트 신청이라도 받았어요?

사십대의 조명 담당 스태프가 장난스럽게 물으며 나를 쳐다봤다. 그제야 나는 내가 오랫동안 소리없이 웃고 있었다는 걸 깨달았다.

2010년 12월 23일 목요일

  난민 지위를 얻어 푸아예 셸라를 나오게 된 로는 주변
의 난민과 이민자를 모아 아파트를 구한다. 로가 브뤼셀
에서 처음이자 마지막으로 살았던 아파트는 포르트 드 나
뮈르 지하철역 근처인 나폴 거리에 있다. 로는 그 아파트
에서 1년 넘게 거주했다.
  구두굽이 닳았는지 어둠이 내린 나폴 거리를 걷는 내
걸음에는 날카로운 소리가 줄곧 따라온다. 사위는 적막하
다. 브뤼셀 내에서 흑인들이 많이 사는 곳으로 알려진 이
곳은 들어가면 들어갈수록 축축하고 스산해지는 느낌이
다. 벽에 등을 기댄 채 담배를 피우던 흑인 두어명이 무슨
말인가를 걸어온다. 돈이나 담배 같은 것을 달라는 제스
처를 보이고는 있지만 그리 위협적이진 않다.
  드디어 로의 예전 아파트 앞에 나는 도착한다.

로가 살던 곳은 아파트라기보다는 건물 하나로만 이루어진 연립주택에 가깝다. 페인트칠조차 제대로 안 된 아파트 외벽은 이 거리 대부분의 건물들처럼 여러가지 색의 그래피티로 얼룩져 있을 뿐이다. 외벽 아래에는 사람들이 함부로 내다버린 쓰레기더미로 발 디딜 데를 찾기 힘들다. 아파트 입구 쪽으로 걸어가 투명 플라스틱으로 만든 팻말에서 주거인 목록을 본다. 1년 전까지만 해도 로기완이라는 이름 역시 이 팻말 속에 들어 있었을 것이다. 로는 자신의 이름을 한글로 썼을까, 알파벳으로 썼을까. 이름을 쓰는 순간에는 무슨 생각을 했을까. 이 낯선 땅에 드디어 자신만의 방 하나를 얻어 이름을 내걸 때 말로 표현할 수 없는 벅찬 감격이 찾아왔을 텐데, 로는 어떤 표정으로 지난 시간을 회상했던 것일까.

　로의 방은 4층에 있었다. 정확한 크기는 알 수 없지만 아마도 네 사람이 살기에는 무척 비좁은 곳이었을 것이다. 중국인, 베트남인, 파키스탄인, 그리고 로는 그 작은 공간에 커튼을 쳐서 구획을 나누어 함께 사용했다. 자정 즈음 중국 식당에서 일을 끝내고 돌아오면 로는 커튼을 몇번이나 들추어 자신의 공간으로 들어갔고, 침대에 앉은 후엔 프랑스어나 영어 교재를 보며 식당에서 남은 음식을 담아 온 플라스틱 용기를 꺼내 늦은 저녁을 먹곤 했다. 중국 식당의 이름은 '진산화(金山花)'. 그곳은 로가 취업하기 이전부터 라이카가 홀 서빙을 하고 있던 곳이기도 했다.

마침 허리가 굽은 노인 한명이 아파트 현관 앞에서 열쇠를 꺼낸다. 나는 그 아파트 거주인의 손님인 척 서성이다가 노인이 현관문을 열 때 은근슬쩍 노인과 함께 아파트 안으로 들어간다. 생각처럼, 아니 생각보다 훨씬 더 어둡고 습한 기운으로 휩싸인 건물 내부가 드러난다. 환기가 되지 않아 오랫동안 건물 안에 고여 있는 습기 냄새, 천장에 매달려 깜빡거리는 알전구 하나, 그리고 걸을 때마다 삐걱거리는 소음으로 건물의 역사를 증명하는 먼지 낀 나무계단……

영국으로 간 건 라이카가 먼저였다. 상점과 식당에 대대적인 단속이 뜬 날, 불법 신분이었던 라이카는 경찰에 잡혀갔다. 장삿속 밝은 '진산화'의 주인은 미리 조작해놓은 라이카의 노동허가서를 내밀며 자신은 라이카가 불법 신분이라는 것을 전혀 몰랐다고 발뺌했다. 식당은 일정액의 벌금만 감당하고 넘어갔지만 라이카는 외국인 수용소에 한달여 동안 감금된 후 그대로 강제출국해야 하는 처지가 되었다. 며칠 후, 라이카는 외국인 수용소에서 기적적으로 도주했다. 라이카가 수용소를 탈주해 브뤼셀 거리를 가로질러 정신없이 뛰어온 곳은 물론 이곳, 로의 아파트였다. 현관문 앞에서 그들이 얼마나 절망적으로 깊이 포옹했을지, 얼마나 절실하게 서로의 살아 있음에 감사했을지 나는 충분히 상상할 수 있다. 나무계단은 오래도록 삐걱거렸을 것이고, 그들의 포옹을 비추던 희미한 조명은 한번씩 켜졌다 꺼지곤 했을 것이다. 미래를 담보로 희망을 타진하는 법을 몰랐던 그들, 그 포옹은 후회 따윈 하지 않는 연인들의 특권 같은 것은 아니었을까.

로는 일단 라이카를 룸메이트인 베트남 청년의 친척집으로 피신시킨 후 영국으로 떠나는 화물트럭 기사를 은밀하게 수소문한다. 로가 영국을 택한 것은 영국이 유럽의 다른 나라들보다 불법 이민자를 받아들이는 데 관대하고 일자리도 비교적 쉽게 구할 수 있으며 라이카가 어느정도 영어를 구사할 수 있다는 여러 이점 때문이었다. 그러나 유효한 신분증을 갖고 있지 못한 불법 신분이 영국으로 가는 길은 그리 간단치 않았다. 불법 이민자들이 자주 이용하는 방법이 화물트럭 짐칸에 숨는 것이었는데, 유럽 대륙과 영국을 이어주는 유로터널 입구에는 이런 식으로 입국을 시도하는 불법 이민자들을 잡아내려는 경찰들이

진을 치고 있었다. 그 과정에서 부주의한 실수로 어이없게 다치거나 아주 간혹 죽는 사람도 있었다. 어쨌든 경찰에게 한번 잡히면 곧바로 추방되는 건 물론 향후 5년 동안은 유럽연합에 속한 어느 국가에도 재입국할 수 없다는 것이 관련 법규였다. 하지만 로와 라이카에겐 다른 선택이 없었다. 존재 자체가 불법인 사람에게 미래는 선택할 수 있는 패가 아니다. 선택하지 않았는데도 선택되어버린 길을 가야 한다는 단순한 의무만이 있을 뿐이다. 매순간 불안해하면서, 사소한 기쁨은 포기하기도 하면서, 절대적으로 안전하지는 않으나 절대적으로 위험한 길보다는 무언가 하나라도 더 보장받을 수 있는 길을 가고, 걷고, 결국엔 살아남아야 한다는 빈약하지만 회피할 수 없는 의무.

주변 불법 이민자들의 도움으로 겨우 화물트럭 기사 한명과 접촉한 로는 라이카를 영국까지 무사히 데려다준다는 조건으로 그에게 상당액의 돈을 지불한다. 물론 그 '무사히'를 보장해주는 것은 어디에도 없다는 걸 로도 알고 있었다. 알고 있었지만, 로는 돈을 건넨 화물트럭 기사로부터 한번이라도 듣고 싶었다. 어떤 일이 있어도 죽거나 다치는 일 없이 무사히 영국으로 갈 수 있도록 해주겠다는 말을. 다시는, 절대로, 사랑하는 사람의 죽음을 전해

듣는 일이 없도록 하겠다는 확신에 찬 목소리를.

화물트럭 기사와의 거래가 끝나고 일주일 후, 로와 라이카는 이른 새벽 약속장소로 간다.

화물트럭 짐칸에 올라타는 라이카에게, 그리고 로는 자신이 갖고 있던 남은 현금을 모두 준다. 곧 따라갈 거라고, 그러니 조금만 기다리고 있으라고, 우리는 다시 만나게 될 것이며 그 무엇도 우리를 막지는 못할 거라고 그들은 이마를 맞댄 채 속삭인다. 아니다. 사실 이 장면은 로의 일기에서는 정황만 묘사되어 있으므로 나는 그들이 헤어지면서 나눈 구체적인 대화는 알지 못한다. 혹시 이런 대화는 내가 재이에게 하고 싶거나 듣고 싶었던 말은 아닐까. 미안하다는 무책임한 말이 아니라, 우리를 막는 것은 없으니 우리는 언제까지고 포기하지 않아야 하며 반드시 만나야 한다는 절대적인 말, 그런 솔직함. 그건 내가 원했던 이상적인 대화일지도 모르겠다.

화물트럭은 떠나간다.

로는 다시 혼자 남는다. 익숙했으나 영원히 익숙해지고 싶지 않았던 외로운 자세로 로는 시야에서 사라져가는 화물트럭을 오래오래 지켜봤다. 2007년 12월 새벽의 유로라인 버스에서처럼 가끔씩 자신의 살아 있음을 의심하기도 하면서.

그날, 아파트로 돌아가는 내내 로는 몇번이고 뒤를 돌아봐야 했다.

*

로가 살던 아파트를 나와 다시 지하철을 타고 박의 아파트로 돌아간다. 욕실 거울 앞에 서서 귀걸이를 빼고 있는데 무언가 내 뒤꿈치 뒤를 사뿐사뿐 걸어다니는 게 느껴진다. 직감적으로, 내 심장의 온도를 재어주었고 귓가에서 노래를 불러주기도 했던 '그것'이란 걸 알 수 있었다.

경직된 자세로 천천히 돌아선다. '그것'이 물끄러미 나를 올려다보고 있다. 쭈그리고 앉아 '그것', 누군가의 귀 한쪽을 가만히 들여다본다. 그래, 바로 너였구나. 속삭이며, '그것' 쪽으로 손을 내밀어본다. 세상 사람들의 발설되지 않는 이야기만 들으러 다니는 이상하고 가엾은 귀, 짝을 잃어 외로운, 영원히 세계의 오른쪽을 향해서만 가야 하는 외골수의 귀. 영롱한 샘물을 뜨듯 조심스럽게 두 손으로 귀를 담아 와 가슴에 안아본다. 아직 한번도 해보지 못한 고백을 오늘밤 이 귀에게만큼은 속삭인대도 나쁠

것 없겠다는 생각이 든다. 소라껍데기에 바람을 불어넣는 아이처럼 나는 그 귀에 바짝 입술을 댄다. 이제, 나만의 진짜 숨을 불어넣으면 된다.

사랑하고 있다고 속삭인다. 첫 회식 자리에서부터 예감했던 일이었으며 단 한번도 의심한 적 없노라고도 나는 연이어 말한다.

재이의 웃음소리가 희미하게 들려온다. 어느새 휴대폰으로 모양을 바꾼 누군가의 오른쪽 귀에 나는 더더욱 가까이 한쪽 뺨을 갖다댄다. 물론 현실에서의 나는 재이의 휴대폰 번호를 누르지 않았으므로 이 통화는 가상이며, 그래서 지금 내 고백을 담은 목소리는 지구 반대편에 위치한 서울의 어느 새벽 골목이나 불 꺼진 아파트가 아니라 흐르지 않는 전파 속에 갇혀 있다는 것을 모르지 않는다. 하지만 나는 재이에게서 듣고 싶다. 우리가 사랑의 고백에 인색했던 것은 더없는 행복, 완벽한 충만, 한순간의 천국 대신 다만 끊임없이 우리 사이의 감정적 불충분과 관계의 결여를 원해서였던 것뿐이라는, 그리고 바로 그것이 우리 사랑의 정체성이라는 그런 말을 간절하게 듣고 싶다. 그럼 나는 내가 부족하다는 걸 알았기 때문에 너를 더 아껴줘야 한다는 신념을 저버린 적 없노라고 대답해주리라. 뜨거운 입김이 없었던 우리의 지난 시간이 편집된 필름처럼 한낱 픽션에 불과했을지라도 네가 안쓰러워 너를 지켜주고 싶었던 내 마음은 언제나 내가 일을 하고 살아가는 이유가 되었노라고도.

휴대폰 폴더를 닫는다.

가엾고 외로운 귀 한쪽이 그 순간 내 가슴속으로 들어와 내게 속삭인다. 그건, 어리석은 한 시절은 아직 끝나지 않았을 수도 있다는 속삭임이었던가.

2010년 12월 24일 금요일

일주일 만에 박이 연락을 해온다. 내 짐작보다는 이른 연락이다. 크리스마스이브, 연인들과 가족들로 북적이는 그랑 플라스 근처 루아얄 광장에서 만난 우리는 시청사, 왕립미술관, 악기박물관, 예술의 언덕, 생튀베르 갤러리 같은 브뤼셀의 유명 관광지를 차례로 지나간다. 쏟아지는 밤 조명 사이로 폭죽이 터지고 화려한 레이저 빛이 살아 있는 듯 춤을 추며 현란하게 건물들을 비춘다. 여기저기서 들려오는 크리스마스 캐럴, 식당과 술집 앞에서 손님들을 유인하는 산타클로스 복장의 종업원들, 울리는 종소리, 사슴 모형, 볼이 통통한 아기천사 인형들. 한참을 걷다가 박과 나는 부셰 거리 입구에 위치한 작은 펍으로 들어간다. 박은 맥주를, 나는 럼이 들어간 커피를 시킨다. 얼굴이 수척해진 것 같다는 말로 박이 먼저 침묵을 깨준다.

나는 아무 말도 할 수 없다. 박을 만난 이후 줄곧 목에 걸려 있던 미안하다는 말 때문이었다. 나는 그에게 사과부터 해야 했고 실제로 간절히 그렇게 하고 싶었다. 그러나 목에 걸린 미안하다는 말은 안으로만 침잠할 뿐 좀처럼 입술 밖으로 나오려 하지 않았다.

"사과를 하고 싶어하는 얼굴이군. 그런 거라면 됐소."

"……!"

"나는 늙었어요, 김작가. 늙었다는 말의 의미를 아오? 감정이 다 사치가 된다는 뜻이에요. 남은 시간이 빤하니 저절로 그리되어가는 거요. 관용이라면 관용이고 체념이라면 체념이겠지."

마침 웨이트리스가 맥주와 럼 커피를 갖다준다. 맥주를 한모금 마신 박은 지갑에서 무언가를 꺼낸다. 이상했다. 미리 통보받은 것은 없었지만 나는 지금 박이 내게 주려는 것이 무엇인지 너무도 훤하게 알고 있다. 그것은 시사 잡지 속의 문장과 일기 한권 및 자술서 사본에 이은, 이니셜 L, 아니 로기완을 만나러 가는 데 꼭 필요한 세번째이자 마지막 열쇠일 것이다. 거부할 수는 없을 것이다. 엄밀히 말해 내가 여기까지 온 것은 오직 로를 만나기 위해서였다. 박의 지갑에서 나온 그 작은 메모지에 감히 손을 대지는 못한 채 다만 뚫어지게 내려다보고 있는 사이, 박은 설명한다.

"기완이가 영국에서 일하고 있는 중국 레스토랑 주소와 약도요. 라이카라는 필리핀 아가씨와 함께 일하고 있다더군. 브뤼셀에서처럼 말입니다. 필요하지 않소?"

"그 사람을 만나보라는 강요 같군요."

"늙은이는 강요 같은 거 안합니다."

자신의 늙음을 반복해서 강조하는 박의 말투가 재미있어서 순간적으로 나는 웃고 만다. 박은 웃지 않는다.

"그런데 이거, 조금 늦게 알려주시는 건 아닌가요?"

"가만히 김작가를 보니 기완이를 만나는 것 자체보다 그 만남을 준비하는 것을 더 중시하는 것 같았소. 시간이 필요해 보였다 이거요. 내가 틀린 겁니까?"

"......"

지금 박은 만나는 과정 자체가 만남에 포함되는 거라고 말하고 있는 걸까. 어쨌든 그의 말이 틀린 건 아니다. 타인과의 만남이 의미가 있으려면 어떤 식으로든 서로의 삶 속으로 개입되는 순간이 있어야 할 것이다. 브뤼셀에 와서 로의 자술서와 일기를 읽고 그가 머물거나 스쳐갔던 곳을 찾아다니는 동안, 로기완은 이미 내 삶 속으로 들어왔다. 그러니 이제 나는 로에게도 나를, 그 자신이 개입된 내 인생을 보여줘야 한다. 로기완이 내 삶으로 걸어들어온 거리만큼 나 역시 그에게 다가가야 하는 것이다. 로기완,이라고 속으로 불러본다. 새로운 세상으로 이끄는 암호이면서 내 삶을 돌아보게 한 주문이었던 이니셜 L이 아니라 나로 인해 아주 사소한 것에라도 즐거워질 수 있는 살아 있는 사람의 이름을.

"해줄 이야기가 하나 더 남았는데, 들어보겠소?"

테이블 위의 메모지를 어렵게 집어 와 지갑 속에 넣는데 박이 문득 묻는다. 맥주 탓일까. 고개를 들어 바라본 박의 얼굴은 조금 상기되어 있다.

"네, 들려주세요."

"또 그 간암 말기 환자 이야기요. 김작가가 지겹겠군."

"지겹지 않아요, 전혀. 해주세요."

나는 자세를 바르게 고쳐 앉고 박의 얼굴을 주시한다. 박이 내게 해줄 수 있는, 아내에 대한 마지막 이야기가 될 것이다.

"어느 날은 그 환자가 병원에 가서 새 약을 타 오라고 하더군요. 더이상의 항암치료를 포기하고 집에서 진통제나 맞던 시절이었지. 안락사를 해달라, 할 수 없다, 제발 부탁이다, 그래도 나는 할 수 없다, 뭐 이런 식의 말다툼이 아주 흔하던 때이기도 했고. 어쨌든 나 외엔 달리 약을 타 올 사람이 없으니 순순히 집을 나오긴 했는데 기분이 참 이상했어. 직감이었겠지요. 택시를 잡다 말고 도로 헐레 벌떡 집으로 뛰어갔지. 내 인생에 그렇게 열심히 뛰어본 적은 없었던 것 같아."

"……"

"아내가…… 외출복으로 갈아입고 베란다에 기우듬히 서 있더군. 김작가가 지금 머물고 있는 그 아파트 창밖으 로 다리 하나를 내놓고 말이오. 뼈가 약해져서 계단도 잘 못 오르던 때였지."

"그때, 결심하셨나요?"

"아마."

"그 높이에서 떨어지셨다면 고통이 정말 컸을 거예요."

김작가, 박이 그렇게 부르며 고요히 나를 쳐다본다.

"김작가, 나는 사실 기적을 믿소. 실제로 몇번 정도는 목격하기도 했지. 하지만 좀처럼 오지 않는 기적을 기대 하고 기다리는 동안 과연 무엇이 환자를 보호해줄 수 있 는 건지 나는 그걸 모르겠어요. 알다시피 기적은…… 대 체로 일어나지 않소."

나는 목이 아프도록 열심히 고개를 끄덕이고 또 끄덕
인다. 내가 해줄 수 있는 것은 이것밖에 없다는 듯. 실제로
내가 박을 위해 할 수 있는 일은 없다. 열심히 고개를 끄
덕이는 나를 보는 박의 표정은 해석되지 않는다. 좋아 보
이는군. 서둘러 유리문 밖으로 시선을 돌린 박은 낮은 목
소리로 혼잣말처럼 이렇게 말할 뿐이다.

"하긴, 크리스마스이브니까."

나는 조심스럽게 박의 시선을 따라간다. 한쌍의 젊은
커플이 펍 유리문 밖에서 다정하게 키스를 하고 있다. 따
뜻한 키스를 나누는 연인이야말로 산타클로스나 캐럴보
다 크리스마스이브에 어울린다는 생각이 들자 자연스럽
게 그들이 떠오른다. 박도 이 순간 나처럼 로와 라이카를
떠올리고 있을까. 박의 옆얼굴에 희미한 미소가 번진다.
그 미소를 보고 나서야 나는 박이 지금 떠올리고 있는 것
은 로와 라이카가 아니라 40여년 전 아무것도 가진 것 없
이 무작정 프랑스로 유학 갔던 그의 한 시절이라는 것을
알아차린다. 그때 그에겐 전적으로 그를 믿던 젊은 날의
아내가 있었다. 가난한 유학생이었던 박과 식당 종업원이
면서 마트 계산원이기도 했던 그의 아내도 크리스마스이
브만큼은 팔짱을 끼고 파리의 밤거리를 걸으며 대체로 일

어나지 않는 기적에 대해서 이야기했을 것이다. 가령 대학 졸업장과 안정된 직장, 태어났거나 곧 태어날 자녀들의 성공적인 미래, 넓지는 않더라도 바비큐 파티 정도는 가능한 아담한 정원과 1년에 한번은 손안에 넣을 수 있는 한국행 비행기 티켓에 대해서. 기적, 그 불가능성에 대한 인정마저도 생의 일부가 되던, 세상에 오직 그들 단 두 사람뿐이었던 오래된 시절들.

라이카를 보내고 석달 후 로도 영국으로 떠났다. 해당 기관에 신고도 하지 않았고, 심지어 같은 유럽연합에 속하는 국가라도 체류기간이 6개월을 초과할 때는 반드시 소지해야 하는 여행비자도 발급받지 않은 채였다. 당연하다. 로가 영국으로 간 건 여행을 하기 위해서도, 지인을 방문하기 위해서도 아니었으므로. 살기 위하여, 외롭지 않으려고 그는 떠났으므로. 그에게 영국행은 벨기에 정부로부터 받은 난민 지위를 포기한다는 의미였으며 그건 곧 벨기에에서 누릴 수 있는 여러 사회적 혜택과 정착민으로서의 안정감을 저버린 채 또다시 불법 이민자가 되겠다는, 그토록 불안한 삶까지 감수하겠다는 희생을 내포하는 것이었다. 유럽은 하나의 연합으로 묶여 있지만 난민 지위는 공유되지 않는다. 벨기에에서 얻은 난민 지위가 영국에서도 유효한 건 아닌 것이다. 난민 지위를 부여한 국가를 제 발로 떠난다고 해서 그것을 막거나 제재하는 기관도 없다. 오히려 국가는 난민의 월경(越境)을 은연중에 바란다. 난민 지위를 포기한 난민에게 난민 지위를 약속해준 체약국이 책임져야 하고 지불해야 할 것은 더이상 없기 때문이다.

로는 이 모든 것을 다 알고 있었다. 그럼에도 로는 떠났고 돌아오지 않았다. 로는 바로 저런 순간, 사랑하는 사람과 마음껏 체온을 나누는 그 순간의 충만함을 갖고 싶어 그외의 모든 것들을 포기했을 것이다. 신분은 불안하더라도 한 사람만 늘 곁에 있어준다면 어디로 가야 할지 몰라 한없이 걷기만 했던 추운 겨울은 다시는 경험하지 않아도 될 거라는 믿음, 그 믿음으로 로는 결정할 수 있었다. 세상의 가장 고적하고 가장 은밀한 어딘가에서 초조하게 주사위를 던져볼 필요는 없었다.

"저녁을, 같이 먹을까요? 제가 요리를 좀 하거든요."

나는 문득 박에게 제안한다. 요리를 잘한다는 건 거짓말이다. 그러나 무슨 상관인가. 내가 박에게 선물하고 싶은 건 맛없을 것이 분명한 형편없는 요리가 아니라 식사시간 그 자체였다. 원목의 식탁, 향긋한 음식 냄새, 소스나 소금을 건네달라는 낮은 목소리, 음식 위를 오가는 자연스러운 손길, 깨끗하고 투명한 컵에 물을 따르는 소리, 오늘 있었던 일과 내일의 계획을 이야기하는 포근한 음성, 교차하는 애정어린 시선…… 게다가 오늘은 박의 말대로 크리스마스이브다. 하늘에는 영광, 땅에는 평화. 오늘 세상의 모든 피조물들은 따뜻한 한끼 밥을 나눌 자격이 있다.

박의 얼굴이 어리둥절하게 변한다. 나는 의자에서 일어나 코트를 챙겨 입으며 가볍게 이어 말한다.

"크리스마스이브잖아요."

이제야 내 말을 이해했다는 듯 박은 "좋군요"라고 대답한다. 우리는 펍을 나와 축제를 즐기는 사람들 사이를 걷는다. 단란한 가족들과 연인들, 현악 4중주를 연주하는 거리의 악사들, 다 비운 술병을 깨뜨리거나 폭죽을 터뜨리며 천진하게 웃는 십대 아이들이 끊임없이 나타난다. 곁에서 나와 발을 맞춰 걷고 있던 박이 어째서 놀라지 않은 거냐고, 이번에도 그 특유의 심상한 목소리로 묻는다. 그러니까 박은 그 간암 말기 환자가 내 아내라는 사실이 당신에게는 전혀 놀라운 일이 아닌 거냐고 묻고 있는 것이다. 나는 박을 돌아보지 않고 혼자서 조용히 웃는다. 확인하지 않아도 박도 지금 나처럼 웃고 있을 거라는 걸 안다. 브뤼셀에 온 이후 처음으로, 나는 추위를 느끼지 않는다.

2010년 12월 30일 목요일

아팠겠다, 요즘은 방사선 치료를 받고 있겠구나, 거울을 자주 보니? 퇴원은 언제 하게 된대? 먹고 싶은 건 없어? 너의 오른쪽 귀는 지금 나에게 와 있어, 내 안에서 아주 잘 지내고 있어, 미안해……

슈트케이스에 짐을 싸다가 약상자를 발견하고는 어떻게 해야 하나 잠시 고민에 잠겨 있는데 등 뒤에서 새 메일이 왔다는 알림음이 들려온다. 책상 위에 올려놓은 노트북을 가져와 메일 화면을 띄운다.

메일은 윤주에게서 온 것이었다.

떨리는 손으로 커서를 옮겨 첨부파일을 여니 사진 한 장이 화면을 채운다.

여전히 머리칼로 오른쪽 뺨을 가리고 있어 귀가 사라진 흔적은 보이지 않는다. 오른쪽 얼굴을 가리고 카메라 앞에 선 것은 나를 위한 그애의 배려일 것이다. 사진 아래에는 포토샵으로 한껏 멋을 낸 글자도 새겨져 있다. Photo by 류재이. 날씨가 좋은 어느 겨울날 병실을 찾아가 카메라를 들이밀었을 재이와 '잠깐만요'를 외치며 여러번 거울을 보면서 머리칼을 정돈했을 윤주의 분주한 모습이 상상된다. 웃으라고 웃으며 말하는 재이의 목소리와 손가락으로 브이자를 만들어 보이면서 수줍게 웃는 윤주의 얼굴에 반사됐을 카메라 플래시, 그리고 마침내 울리는 경쾌한 셔터 소리까지 모두 이 한장의 사진 속에 들어 있다.

오른손으로 노트북 화면을 쓸어본다. 재이라면 이 사진 속에 체온까지 담으려 했을 것이다.

이제, 내가 답장을 보낼 차례가 되었다.

주머니에서 휴대폰을 꺼내 폴더를 열고 윤주의 번호를 꾹꾹 누른다. 신호음이 가는 동안 수없이 입안에서 연습해온 문장들이 저절로 혀끝에 얹힌다. 로의 일기를 읽거나 길을 걸을 때도, 빵에 잼을 바르다가 혹은 샤워를 하다가도 문득, 그것만이 내게 주어진 임무라는 듯 혀 안쪽 어딘가에 숨겨두었던 그 문장들을 꺼내어 이리저리 굴려보곤 했다. 오로지 이 순간을 위해서였을 것이다. 흥분이나 조바심 때문에 꼭 하고 싶었던 말들을 하지 못할까봐, 내가 걱정한 것은 그것이었을까. 그것만은 아닐 것이다. 더 이상 가학적인 의심으로 윤주의 현재를 외면하고 싶지 않았기 때문일 것이다. 결국 나를 보호하는 것 외엔 아무것도 하지 못했던 그 많은 상념들을 끌어안고 안으로만 고통을 외치는 나약한 인간이고 싶지도 않았다. 나는 윤주에게만큼은 솔직해지고 싶었다.

마침내 신호음이 끊기고 저쪽에서 휴대폰을 받는 기척이 느껴진다. 내 전화라는 것을 짐작했는지 그애는 나보다 먼저 인사를 건네온다.

"잘 지내요, 언니?"

윤주의 목소리를 듣는 순간, 나는 한 손으로 입술을 틀어막으며 그애가 볼 수 없다는 것을 뻔히 알면서도 온힘을 다해 여러번 고개를 끄덕인다. 구체적인 말을 해주어야 한다는 걸 알면서도, 그래서 그토록 열심히 연습을 해왔으면서도 내 입술은 무력하게 닫혀 있다. 가슴속에 깊숙이 손을 질러넣어 그 이상하고 가엾은 오른쪽 귀를 빼낸다. 그동안 무수히 많은 내 이야기를 들어준 그 귀가 나를 향해 팔랑거린다. 나는 굵은 침을 한번 삼킨 후 휴대폰을 쥔 두 손에 더욱 힘을 준다.

침묵이 흐른다. 오랫동안 기다려왔던 바로 그 순간이다.

미, 안, 해.

미, 안, 해.

들은 걸까. 언니. 그애가 나를 부른다. 그리고 이어지는 그애의 목소리. 그 목소리가 실어다준 여린 문장 하나를 듣는 순간 나는 스르르 주저앉고 만다. 윤주가 들려준 그 문장 역시 즉흥적인 것은 아닐 것이다. 오랫동안 그애도 나처럼 그 문장을 입안에 숨겨두고 틈틈이 꺼내어 연습해오지 않았을까. 나는 가까스로 자리에서 일어나 창가로 걸어간다. 블라인드를 올리자 투명한 햇살이 한꺼번에 들어와 눈이 시려온다. 그 와중에도 그애는 듣고 있느냐며 계속해서 묻고 있다.

"언니, 내가 방금 한 말 들었어요? 여보세요? 정말 듣고 있는 거예요?"

듣고 있단다, 모두. 어떻게 안 들을 수가 있겠니. 12월 말 브뤼셀의 아침 햇살은 싱그럽고 그 어느 때보다 살아 있다는 느낌을 준다. 이 도시가 나를 떠나보내는 방식일 것이다.

윤주가 흐느끼기 시작한다.

괜찮아, 윤주야. 나는 정말 괜찮아.

시간은 느리게 흘러가고 있다. 너의 오른쪽 귀는 내가

영원히 안전하게 보관하고 있을게. 그 귀가 끝내 하지 못한 말, 그 말을 듣기 위해 나는 살아갈 것이다. 그러니 윤주야, 너는 이제 네 앞의 괴물과는 싸우지 마. 그건 승패가 없는, 이겨도 진 것과 같은 소모적인 게임일 뿐일 테니.

한참 후 윤주의 흐느낌은 끝난다. 나는 이곳에서 방송용 대본이 아니라 후회하는 사람만이 쓸 수 있는 글을 쓰고 있다고, 너무도 외로웠던 한 사람의 흔적을 찾아다니는 내 여정을 담은 글이며 소설이라기보다 일기에 가까운 글이라고도 말한다. 열심히 쓰고는 있지만 종종 내가 이런 글을 쓸 자격이 있는 건지 알 수 없어 괴로워지곤 한다는 말도 어렵게 꺼낸다. 언니. 윤주가 다시 나를 부른다. 여전히 나를 외롭지 않게 하는, 내 혼란과 불안이 모두 이해되고 있다는 환상을 심어주는 목소리다. 그 감미로운 목소리에 나는 이미 위안받고 있다. 그애가 무슨 말을 하든, 나는 그 모든 것을 들어줄 것이다.

충분하다고, 그애가 말했던가.

그때껏 손안에 들어 있던 오른쪽 귀가 또 한번 나를 향해 팔랑거린다. 한번 더 솔직해져야 하는 순간이 되었다고, 그 귀는 내게 속삭이고 있다.

서울로 돌아가기 전에 런던에 먼저 가봐야 한다고, 바

로 오늘이 런던으로 가는 날이라고 나는 그 오른쪽 귀를 내려다보며 말한다. 런던요? 그래, 런던. 그 외로웠던 사람이 지금 런던에 있거든.

"그 사람에게 꼭 들려주고 싶은 이야기가 있어. 그리고…… 너에게 말할게."

네? 묻는 윤주에게 나는 런던에서 그 사람을 만나고 나면 곧바로 서울로 돌아가겠다고, 이번엔 늦지 않겠다고, 너무 늦어버려서 네가 나를 가장 필요로 할 때 또 그렇게 외면하며 지나가버리는 일은 없도록 하겠노라고 빠르게 말한다. 윤주는 풋, 하고 웃는다. 그러고는 자신이 찍은 재이의 사진을, 개중 멋지게 나온 것들만 골라서 내 이메일 주소로 보내겠다고 일러준다.

윤주와 나는 웃으며 전화를 끊는다. 휴대폰을 도로 주머니에 넣으며 뒤를 돌아보자 박이 와 있다. 그는 내 슈트케이스를 내려다보며 공항까지 데려다주러 왔다고, 그래서 오랜만에 운전을 해봤다고 얘기한다. 통화를 모두 들은 걸까. 젖은 얼굴로 웃고 있는 나를 보고도 그는 전혀 의아할 것이 없다는 표정을 짓고 있다.

*

　브뤼셀의 샤를루아 공항에 도착해 티케팅을 하고 짐을
부치고 나서도 한시간 정도 여유가 있었다. 브뤼셀에서
출발하여 런던 히스로 공항에 도착하는 비행기 티켓에는
이륙시간이 오후 4시 10분이라고 찍혀 있다.

　박과 나는 공항 카페에 앉아 커피를 마신다.

　커피를 마시는 동안 나는 박에게 윤주 이야기를 한다.
살아 있는 한 계속해서 살아갈 수밖에 없고, 살아야 하는
이유를 부정하는 고통 역시 살아가는 과정에 포함되는 이
상한 아이러니를 이미 알아버린 그 열일곱살 소녀에 대해
서. 박은 간간이 고개를 끄덕이긴 하지만 서울에서 방송
국 사람들이 그랬던 것처럼 그 과정에 나의 책임은 없다
는 식의 부질없는 위로는 해주지 않는다. 자세한 것을 묻
지도 않고 섣부른 판단도 하지 않는다. 박은 그저 묵묵히
들어준다. 내 이야기가 다 끝난 후에야 박은 조심스럽게
말할 뿐이다.

　"때로는 미안한 마음만으로도 한 생애는 잘 마무리됩
니다."

　출국시간이 가까워지고 있었다.

나는 기내용 슈트케이스를 끌며 박과 함께 게이트 쪽으로 걷는다. 돌아서기 전, 나는 박에게 열쇠를 돌려준다. 브뤼셀에 머무는 동안 단지 내게 편의만을 제공한 것이 아니라 내 신변의 안전을 보장해주었고 글을 쓰도록 부추겨주었으며 살아야 한다는 명제를 받아들이기까지의 지난한 시간을 지켜봐주었던 공간, 바로 박의 아파트 열쇠였다.

"고마웠다는 말을 하려는 거요?"

내가 무슨 말인가를 하기도 전에 박이 묻는다.

"번번이 제 말을 다 가져가시네요."

"늙은이는……"

"늙은이는 고맙다는 말에 감동받지 않는군요?"

내가 재빨리 박의 말을 가로막자 박은 웃는다. 그의 얼굴에서는 한번도 본 적이 없는 맑은 웃음이다. 나도 박을 따라 웃어본다.

"어젯밤에 기완이와 통화를 했소. 김작가를 기다리고 있을 거요."

"제가 쓴 글은…… 소설이 아니에요."

"뭘 썼든 기완이를 만나야 끝나는 글이겠지요."

"그럴까요?"

박은 긍정의 대답 대신 편안한 침묵으로 내게 사유의 시간을 마련해준다. 나는 고개를 숙인 채 로에게 건넬 첫 마디를 생각해본다. 잠시 후 박이 다시 말을 잇는다.

"이제 김작가는 기완이를 만나고 나면 한국으로 돌아가겠군요."

"한국에, 돌아가고 싶으세요?"

"가지 않을 거요."

"왜죠?"

"10여년 전에 한번 가봤어. 모친 산소가 잘 보존되고 있는지 확인하러 갔지. 한데 산소를 둘러보는 것 외엔 할 일이 없더군. 대부분은 호텔방에만 갇혀 있었어요. 거기엔 내가 갈 곳도, 만날 사람도 없소. 너무 오래전에 다 버리고 왔으니까."

웃음을 띠고 있던 박의 표정이 고요하고도 쓸쓸하게 닫힌다. 나는 마지막으로 용기를 내보기로 한다. 사실 처음 박을 만났을 때부터 묻고 싶었다. 뭔가를 탐지하려는 듯 진지하고 예리한 눈빛으로 나를 보다가도 시선이 마주치면 이내 고개를 돌리며 바로 지금처럼 고요하고도 쓸쓸하게 표정을 닫던 이유를.

"이제는 말씀해주셔도 되지 않나요?"

"······?"

"제가 그렇게 닮았나요, 사모님과?"

"······글쎄요."

"아니라면 서운한데요."

"김작가, 나는 그렇게 유치한 늙은이가 아니야."

말하며, 박은 내 어깨를 한번 어루만져준다. 우리는 동시에, 멈췄던 웃음을 다시 터뜨린다.

"하긴, 내가 이미 말한 적이 있지요. 김작가나 그 사람이나 스스로에게 한치의 관용도 베풀지 않는 사람들이라고 말이오."

"그러셨죠."

"그러고 보니······"

"······"

"닮았군요. 눈매도, 입매도, 여기저기, 아주 조금씩. 사실······ 그 사람도 글을 쓰고 싶어했지. 늘 작가가 되고 싶다고 했어."

"······"

내 어깨에 닿았던 박의 팔이 스르르 내려온다. 잘못 본 것일까. 박의 눈동자에 습기가 어렸다고 생각한 순간, 박은 한 발자국 더 가까이 내게 다가와 예상치 못한 간절한 목소리로 말한다.

"부탁을 하나…… 들어주겠소?"

"말씀하세요."

"생각보다 괜찮았다고, 그리 고통스럽지 않았다고 한 번, 말해주겠소?"

"……"

두꺼운 안경 속 박의 여윈 눈동자는 이제 완연히 젖어 있다. 그 거짓 없는 눈물을 가만히 보고만 있을 수 없어 나 역시 박에게 한발 다가가 그의 귓가에 대고 아프지 않 았다고 속삭인다. 가는 내내 잠을 자듯이 편안했다고, 죽 는다는 의식도 없이 모든 것이 자연스러웠으며 고통은 전 혀 없었다고도.

박은 심하게 떨리던 두 손으로 내 얼굴을 감싼다. 뜨거 운 손이었다. 마치 자신이 완성한 조각품을 만져보는 예 술가처럼, 혹은 지금 막 떠나온 육체를 애틋하게 지켜보 는 한줌의 영혼처럼 박은 천천히 내 얼굴을 정성스럽게 매만지기 시작한다. 눈가와 입가, 그리고 턱선과 양쪽 뺨 을 어루만지는 그의 손길에서 나는 한 생애를 느낀다. 한 사람의 인생이 그 손길에 모두 들어 있다.

"……고생했소. 평생을 고생이 많았지."

박의 그 말에, 더이상 참을 수 없어 나는 두 팔을 벌려 박을 안는다.

　안내방송을 통해 프랑스어와 영어 등이 연달아 들려오고 수많은 사람들이 바쁘게 오가는 소란스러운 공항 한구석에서 박과 나의 포옹은 오랫동안 이어진다. 그리고 나는 박의 등 뒤편에서 열리는 작은 틈새로 들여다본다. 유리컵에 약물을 붓고 약간의 술을 섞는 떨리는 손길, 영원한 이별 앞에서 나누었을 짧은 키스와 뜨거운 몇마디의 말, 침실 문을 닫고 나와 거실 소파에 앉은 채 두 손으로 얼굴을 감싸는 한 남자의 모습, 그리고 개인적인, 너무도 개인적인 시간을 표준화된 시간으로 바꾸어 규칙적으로 울리던 시계의 초침 소리와 냉정하게 그 순간의 선택을 되묻는 자성의 목소리, 마침내 다시 침실 문을 열었을 때 그가 마주봐야 했던 한 생애의 끝과 뼈가 끊어지는 듯한 상실감을, 길고 길었을 흐느낌을. 엷어지는 울음소리와 함께 서서히 닫히는 그 틈새로, 그 전부를, 그 무엇도 놓치지 않고, 나는 하나하나 보고 있었다. 그러므로 내가 지금 안고 있는 것은 한 사람의 육체가 아니라 그 사람이 지나온 한 시절이며, 피와 뼈가 아니라 그 무엇으로도 규정될 수 없는 존재 그 자체이다. 언제나 혼자일 수밖에 없었던 박윤철의 인생이다.

하늘로 날아갈 수도, 땅으로 떨어질 수도 없는 날개가 젖은 새는 오래도록 내 품 안에 있었다.

포옹이 끝난 후 박은 눈가를 훔치며 중얼거린다.

"됐어, 이제."

"……"

"됐어……"

"……"

이제, 헤어져야 하는 시간만이 우리를 기다리고 있다.

게이트로 들어가기 전, 마지막으로 박은 로기완에게 죽기 전에 한번은 찾아가겠다는 말을 전해달라고 부탁한다. 나는 말없이 눈짓으로만 알겠다고 표현한다. 박도 가벼운 눈인사를 보낸다.

게이트를 통과할 때 나는 한번 더 뒤를 돌아본다.

박은 부동자세로 우두커니 서 있다. 목례를 한번 했지만 박은 여전히 움직이지 않는다. 그제야 나는 그가 나를 보고 있는 것이 아니라 내 뒤편의 세계를 응시하고 있다는 걸 깨닫는다. 그가 보고 있는 것이 무엇인지는 가르쳐주지 않아도 나 역시 알고 있으므로 묻지는 않으리. 브뤼셀에서 만난, 내게는 인생의 한 시절이라 해도 무방한 박을 남겨둔 채 나는 다시 내가 가야 하는 길을 향해 발걸음을 돌린다.

*

비행기가 이륙하고 기내가 안정될 때쯤 가방에서 로의 일기를 꺼낸다. 어느 페이지에는 3년 전의 베를린 발 브뤼셀행 유로라인 버스 티켓이 끼워져 있고, 또다른 페이지에는 실비가 「노킹 온 헤븐스 도어」를 메모해준 노란색 포스트잇이 붙어 있다. 박에게서 받은 실비와 로가 함께 서 있는 사진 한장도 고스란히 그 안에 보관되어 있다.

그리고 마지막 페이지.

그곳엔 박의 아파트를 나서기 전 급하게 출력한 프린트 한장이 접힌 채 들어 있다.

조금 흐릿하게 출력되어 여기저기 실루엣이 끊겨 있긴 하지만 브이자를 그리며 환하게 웃고 있는 그애의 표정 정도는 확인할 수 있으므로 괜찮다. 이 사진에는 없는, 다른 사람들의 눈에는 보이지 않는 윤주의 숨겨진 눈물을 애틋함의 시선으로 완성해주는 일, 그것은 서울로 돌아간 이후 나의 몫이 될 터였다.

프린트를 로의 일기 마지막 페이지에 다시 끼워둔다.

로의 일기를 가방에 넣고 이번엔 감색 상자를 꺼낸다. 상자 안에는 파란색 스프링 노트와 앨범, 그리고 엘렌의 크리스마스카드가 들어 있다. 비행기가 미미하게 흔들려 조금 불편하긴 했지만 나는 노트를 펼치고 정신을 집중하여 한줄 한줄 쓰기 시작한다. 샤를루아 공항에서 박과 헤어지는 장면이었다.

한시간여 만에 비행기가 착륙할 때쯤 나의 기록도 끝이 난다.

로, 이것이 바로 내가 들려주고 싶은 나의 이야기이다.

노트에 적지 못한 남은 이야기

　런던 히스로 공항에 도착하자 시간은 브뤼셀에서 비행기를 탈 때와 비슷한 4시 20분이다. 유럽 대륙과 영국 사이에 한시간의 시차가 있기 때문이다.

　공항 익스프레스를 타고 시내로 나가 인터넷으로 예약해놓은 호텔에 짐을 푼다.

　로기완이 일하고 있는 중국 식당은 퀸스웨이에 있다. 영국뿐 아니라 유럽에서도 가장 큰 차이나타운은 소호 구역의 제러드 가에 위치해 있지만, 로기완과 라이카는 번잡하고 젊은 소호 구역 대신 조용한 주택가와 넓은 공원이 자리하고 있는 노팅 힐 구역의 소규모 차이나타운을 택한 것이다.

　샤워를 한 후 호텔 침대에 앉아 감색 상자의 뚜껑을 다시 연다.

상자 안에서 이번엔 앨범을 꺼내 들추어본다. 브뤼셀에서 로기완의 여정을 따라다니면서 틈틈이 찍어온 사진들이 차곡차곡 정리되어 있다. 북역 근처의 바이올린 악사가 연주에 심취해 있는 모습, 브루케르 지하철역 근처 야외 파라솔에서 커피를 마시는 박의 옆모습, 푸아예 셀라 정문 앞에 서서 손을 흔들어 보이는 실비, 고아원 원장실 의자에 앉아 환하게 웃고 있는 엘렌, '굿 슬립'의 308호, 로가 살았던 나플 거리의 아파트, 라송 거리에 있는 중국식당 진산화, 그리고 크리스마스 시즌의 브뤼셀 거리를 담은 수십장의 사진들…… 사진을 찍고 출력하여 앨범에 정리하는 동안 나는 로기완의 웃음을 상상하곤 했다. 푸아예 셀라에서 실비와 찍은 사진 속에서처럼 그저 환하고 천진난만한 웃음을. 상자 속 앨범을 한장 한장 들추면서 로기완은 브뤼셀에서 보낸 자신의 2년여 세월이 거짓이 아니었다는 것을, 그 시절 역시 엄연히 인생의 한 부분이라는 것을 인정하게 될까. 국적이나 신분증은 없었어도, 그 나라의 언어를 알지 못했어도, 단 한번도 그 자신이 유령인 적이 없었다는 것을 말이다.

앨범을 모두 보고 나면 로기완은 내 노트도 읽게 될 것이다.

"처음에 그는, 그저 이니셜 L에 지나지 않았다"라는 문장에서 시작해 "로, 이것이 바로 내가 들려주고 싶은 나의 이야기이다"로 끝나는, 나의 2010년 겨울의 브뤼셀을 기록한 파란색 스프링 노트. 이니셜 L이 인터뷰 도중 이야기한 한줄의 문장을 따라 브뤼셀에 왔고 브뤼셀의 2010년 12월을 살았으며 나도 모르게 로기완을 통해 살아 있는 나를 긍정하게 된 과정을 적은 이야기, 한달 동안의 여정을.

상자의 뚜껑을 다시 닫고 침대에 눕는다.

잠은 쉽게 오지 않을 것이다. 하지만 수면유도제가 들어 있던 약상자는 브뤼셀을 떠나면서 버리고 왔으므로 나는 오늘밤 오로지 내 힘으로 잠들어야 한다.

*

다음날 나는 감색 상자를 챙겨 호텔을 나와 지하철역으로 향한다.

몇개의 정거장을 거쳐 지하철역을 나오자 곧바로 퀸스웨이가 시작된다. 퀸스웨이 지하철역 근처는 앤티크한 장식품을 파는 가게와 오래된 서점이 즐비한 곳이다. 중국 식당뿐 아니라 인도, 아랍, 터키, 멕시코, 아프리카 식당들도 제법 많다. 용이나 호랑이, 불상 같은 장식품을 진열해 놓은 가게들이 쉽게 눈에 띄고 케밥이나 크레페를 먹으면서 걸어다니는 사람들도 자주 발견된다. 영어가 아니라 한자로 표기된 중국 식당 간판들도 수시로 눈에 들어온다. 로가 주방보조로 일하고 있는 식당 이름은 취안팅쥐(泉亭居), 퀸스웨이 42번지이다.

한참을 걷다가 드디어 그 식당의 간판을 발견한다. 길 건너편에 서서 나는 물끄러미 식당을 건너다본다.

취안팅쥐의 간판은 붉은색이고 출입문 밖에는 홍등이 매달려 있다. 아직 등에는 불이 들어와 있지 않지만 술이 많이 달린 홍등은 무척 아름답다. 출입문 옆은 통유리로 되어 있고 통유리 안에는 요리사 복장을 한 남자 한명이 오리구이가 돌아가는 회전대 옆에서 밀가루 반죽을 하고 있다.

나는 들고 있던 상자를 가슴에 안으며 그 남자를 지켜본다. 밀가루 반죽에 열중해 있는 남자는 좀처럼 고개를 들어 길 건너편을 보지 않는다. 길쭉한 하얀색 모자는 다소 커 보이고 반죽을 어루만지는 그의 손길은 무척 민첩하다. 얼굴은 잘 보이지 않는다. 우리 사이엔 도로가 가로질러 있고, 그는 고개를 숙이고 있으므로. 그는 키가 작은 동양인이긴 하지만 나는 그가 진짜 로기완인지 확신이 서지 않는다.

그때, 누군가 그를 불렀는지 언뜻 뒤를 돌아보는 그의 얼굴이 잠깐 보인다. 웃는다. 길 건너편에 서 있던 나는 나도 모르게 그를 따라 웃고 만다. 실비와 함께 찍은 사진 속의 로기완이 맞다는 걸 그 웃음을 통해 나는 이미 알아버렸다. 방금 그의 뒤에서 그를 부른 사람이 누구인지도, 물론 나는 알고 있다.

도로 쪽으로 내려온다.

이제 이 길만 건너면, 나는 그를 만날 수 있다.

도로를 건너 취안팅쥐 앞까지 걸어가는 동안에도 남자는 내 쪽을 쳐다보지 않는다.

통유리 앞에서 내 걸음이 잠깐 멈칫한다. 남자가 마침 고개를 들어 나를 한번 보았으므로. 걸음이 떼어지지 않아 나는 통유리 밖에 그대로 멈추어 서 있다. 이상한 기분이 들었는지 남자가 다시 한번 고개를 들어 나를 본다.

우리는 그렇게, 한동안 서로를 물끄러미 바라본다.

어느 순간 로기완은 조금 전처럼 또 한번 환하게 웃는다. 그러고는 커다란 앞치마에 반죽이 묻은 손을 탁탁 털며 출입문 쪽으로 걸어가 활짝 문을 열어준다. 그가 무슨 말인가를 한다. 나는 너무 긴장한 탓인지 그가 하는 말을 단박에 이해하지는 못하지만 언뜻 박의 이름을 듣고는 반사적으로 고개를 끄덕여 보인다.

로기완이 빠른 걸음으로 다가와 덥석 내 손을 잡아준다.

체온이 있는, 진짜 두 손으로.

그 손이 이끄는 대로 나는 식당 안으로 들어선다. 홀 안쪽에서 앳된 인상의 여자가 삐죽 고개를 내밀더니 금세 달려와 나를 빈 테이블로 안내한다.

라이카는 차를 준비하러 다시 주방으로 들어갔고 지금 내 앞에는 로기완이 앉아 있다. 살아 있고, 살아야 하며, 결국엔 살아남게 될 하나의 고유한 인생, 절대적인 존재, 숨 쉬는 사람.

오늘 나는 그에게, 이니셜 K에 대해 해줄 이야기가 아주 많다.

- 탈출의 의미가 있는 '탈북인' 대신 '북한 이탈 주민' '북 출신 이주자' '경제유민' 등의 용어를 써야 한다는 의견에 충분히 공감하지만, 이 소설에서는 사회적으로 통용되는 용어라는 점을 존중하여 '탈북인'이라는 명칭을 그대로 사용했음을 밝히며 양해를 구합니다.

- "소위 '고난의 행군'이라 불리는 이 기간 동안 아사한 북한 주민은 대략 이삼백만명으로 추정된다"라는 문장에서 이삼백만명은 일반적인 추정치일 뿐 정확한 수치는 아니며 이견도 분분하다는 것을 밝힙니다. 일례로 통계청은 27만명, 국정원은 40만명 정도로 추정하기도 합니다. 북한은 이 시기에 기아로 사망한 주민의 수를 공식적으로 발표한 바 없습니다.

- 로기완의 나이는 북한에서는 공식적으로 만 나이를 사용한다는 기록에 의거했습니다(『조선대백과사전』 제5권, 평양:백과사전출판사 1997).

- 박윤철의 사연 중 전신마비 환자에 대한 에피소드는 데릭 험프리의 『마지막 비상구』(김종연·김설아 옮김, 지상사 2007)에서 많은 부분 도움받았음을 밝힙니다.

- 소설에 나오는 '굿 슬립'(Good Sleep)과 '진샨화(金山花)' '취안팅쥐(泉亭居)'는 실재하는 장소가 아닙니다.

새로 쓴 작가의 말

　『로기완을 만났다』를 구상하고 집필할 당시의 저는 서른 중반의 젊은 작가였습니다. 물론 그때는 스스로 젊다는 것뿐 아니라, 제 안에서 무언가가 붕괴되고 부서지며 시야가 확장되고 마음의 키가 자라고 있다는 것을 저는 알지 못했습니다. 『로기완을 만났다』는 한 인간으로서나 소설 쓰는 사람으로서, 저를 성장하게 해준 작품인 셈입니다.

　『로기완을 만났다』를 쓰면서 공감을 믿게 됐습니다.
　소설의 주인공 김작가는 이니셜로만 존재했던 로기완이 남긴 인터뷰와 기록을 보며 자신의 내면에 켜켜이 쌓인 상처에 눈뜨고 그 상처를 스스로 치유해가는 방법을 깨달아가는 인물입니다. 그 과정에서 김작가는 1990년대

중후반 북한이 직면한 '고난의 행군'을 알게 되고 난민의 정의와 국제적인 협약, 나아가 우리 모두가 이방인의 성분을 갖고 있다는 것을 배워가기도 하죠. 저는 김작가를 통해 저를 돌아봤고 제가 그동안 제대로 보지 못했고 보려 한 적도 없는 세상에 눈뜰 수 있었습니다. 알게 되었다는 것, 그것은 다시 우리가 최선을 다해 공감해야 하는 것의 전제가 될 것입니다.

증여의 가치를 생각하게 됐습니다.

소설 안에서 로기완은 의사 박에게 일기를 증여하고 김작가는 그 일기를 읽은 뒤 남긴 기록을 다시 로기완에게 증여하는데, 그들이 서로에게 증여한 문장들은 결국 소설 밖에서는 읽는 이에게 증여되리라 믿습니다. 그 증여의 가치는 지금껏 제 문학에 영향을 미치고 있다는 걸, 누구보다 저 자신이 잘 알고 있습니다.

소설은 독자에게 닿기 전에 작가를 꿈꾸게 하고 살게 합니다.

저에게 세상을 이전보다 넓게 볼 수 있게 해준 시야와

연대와 사랑에까지 닿는 공감과 증여의 의미를 알게 해주었으며 끝내 살고 싶다는 마음을 품게 한 이 소설이 누군가를 만나 그 삶에서 새롭게 태어나길 희망해봅니다.

개정판을 함께 준비해준 창비 김가희, 전성이 편집자와 2024년 이후에 로기완을 만나게 될 모든 독자분들께, 마음을 다해 감사드립니다.

2024년 초입에
조해진

소설은 혼자 쓰는 것이되 혼자 쓸 수 없다.

벨기에를 떠도는 탈북인들에 대한 도종윤 님의 기사를 읽지 않았다면 이 이야기는 상상의 영역으로 들어오지 못했을 것이다. 기사 하나에 기대어 벨기에를 방문한 아무 것도 아닌 내게 벨기에에서의 난민 지위 신청과정을 자세하게 설명해준 원용서 선생님께도 마음깊이 감사드린다. 브뤼셀의 도시적 특징뿐 아니라 거리 이름의 발음까지 함께 고민해준 한인 기자분과 두분의 유학생들에게도 어떻게 고마운 마음을 전해야 할지 모르겠다. 어린 나이에 혼자 강을 건너 중국에 머물다 한국으로 들어온 M에게는 앞으로도 좋은 친구로 남겠다는 말을 전하려 한다. M은 준 것도 없는 내게 고향에 대한 이야기를, 때로는 상기하고 싶지 않은 부분까지 들려주었다.

브뤼셀의 어느 조용한 펍에서 개인적 아픔을 과장 없이 솔직하게 들려준 Y선생님과 어느 날 텔레비전에서 우연히 보았던 다큐멘터리 속 어떤 사연의 주인공에게도 나는 빚진 것이 많다. 타인의 삶을 들여다보고 상상하고 이야기로 만드는 것이 나의 몫이겠지만 때때로 그 과정이 이기적인 욕심에서 비롯된 건 아닌가,라는 냉정한 질문을 나는 제대로 통과하지 못했고 사실은 지금도 통과하기 위해 애쓰는 중이다. 믿고 싶다. 결국엔 위로의 언어로 기억되기 위해 쓰여지는 이야기도 있다는 것을. 이 이야기가 그들의 삶 너머의 누군가에게도 살아가는 한 방식으로서 읽힌다면 나는 행복할 것이다.

지난 몇해 동안, 나는 평생을 다해 닮고 싶은 작가들을 여럿 만났다. 그들은 나를 부끄럽게 했고 다시 쓰도록 부추겨주었다. 그들에게 고맙다. 모든 면에서 함량이 부족한 사람이지만 있는 그대로의 모습을 독해해준 창비에는 현재를 인내할 줄 알고 미래를 두려워하지 않는 작가로 나아가겠다는 고백으로 이 커다란 마음을 대신하려 한다.

격려의 문장을 덧붙여준 김연수 선생님께도 진심, 그 이상의 감사를 드린다.

처음부터 뭔가를 쓰겠다는 생각으로 벨기에까지 간 건 아니었다. 그러나 2년여 전 폴란드에서 출발한 유로라인 버스를 타고 브뤼셀 북역에 내려 쇼핑가 뒤편의 허름한 호스텔로 들어가 리셉션에서 지정해준 방문을 연 순간, 문득 쓰고 싶어졌다. 그 쓸쓸하고 추웠던 방이 이 소설의 시작이고 끝이다.

누구나 울 줄 안다.
눈에는 보이지 않는 그 사람의 눈물까지 애틋함의 시선으로 완성하는 것, 그것은 이니셜 K의 꿈이자 동시에 나의 꿈이기도 하다.
그 꿈을 위해 나는 쓴다.

가족들에게 고맙다.

2011년 4월

조해진

로기완을 만났다

초판 1쇄 발행 • 2011년 4월 30일
개정판 1쇄 발행 • 2024년 2월 16일

지은이 / 조해진
펴낸이 / 염종선
책임편집 / 김가희
조판 / 박지현
펴낸곳 / (주)창비
등록 / 1986년 8월 5일 제85호
주소 / 10881 경기도 파주시 회동길 184
전화 / 031-955-3333
팩시밀리 / 영업 031-955-3399 · 편집 031-955-3400
홈페이지 / www.changbi.com
전자우편 / lit@changbi.com